La Lumière de Logan

Héros à louer, tome 6

Dale Mayer

La Lumière de Logan, Héros à louer, tome 6
Beverly Dale Mayer
Valley Publishing Ltd.

Copyright © 2017

Traduit de l'anglais par Sarah Laurent et Valentin Translation

Il s'agit d'une œuvre de fiction. Les noms, les personnages, les lieux, les marques, les médias et les incidents mentionnés sont le produit de l'imagination de l'auteur ou utilisés de manière fictive. Toute ressemblance avec des événements, des lieux ou des personnes, existant ou ayant existé, est entièrement fortuite.

ISBN-13 : 978-1-778862-48-9
Format Print

Résumé

Bienvenue dans *La Lumière de Logan*, le sixième tome de la série *Héros à louer* que les fans attendaient avec impatience. Dale Mayer, auteure de best-sellers au classement de USA Today, vous propose de retrouver les hommes inoubliables de la série *Légion d'honneur* dans une nouvelle collection de romances pleines d'action, de suspense et de rebondissements.

Logan se rend à Boston pour une mission de renseignement. Son enquête le plonge, ainsi que son partenaire, dans le monde sombre et profond du trafic d'êtres humains.

La dernière chose dont Alina se souvient, c'est d'avoir pris un café à la cafétéria de l'hôpital où elle travaille. Elle se réveille ligotée dans un appartement étrange. Son monde tel qu'elle le connaissait a disparu… peut-être pour toujours.

Maintenant, ils sont en fuite ensemble. Le temps joue contre eux. Il y a un quota à atteindre, et les trafiquants ne comptent pas laisser Alina.

Malheureusement, elle n'est pas la seule victime. La chasse est ouverte… aux trafiquants et à leurs autres victimes… avant qu'il ne soit trop tard.

Inscrivez-vous ici pour être informés de toutes les nouveautés de Dale !

https://geni.us/DaleNews

Chapitre 1

LOGAN REDDING S'HABILLA rapidement pour la mission qui l'attendait ce matin, mais Levi ne lui avait encore donné aucun détail. En fait, le message était arrivé juste avant minuit. Il avait dormi le plus possible, puis s'était douché, rasé, avait préparé ses affaires, et maintenant il était prêt à partir. Il entra dans la salle à manger et trouva six autres membres de l'équipe déjà en place. Les conversations s'éteignirent lorsqu'il s'approcha.

— Bonjour.

Une tasse de café pleine à la main, il s'assit à côté d'eux.

— Levi, quelle est la mission ?

— Harrison et toi vous rendez à Boston. Quatre hommes soupçonnés de trafic d'êtres humains ont été relâchés – il n'y a pas assez de preuves pour les retenir – et ont disparu dans la nature. L'inspecteur qui les a arrêtés connaît Jackson, qui m'a appelé en privé. Il m'a demandé si nous pouvions prendre un jour ou deux pour étudier l'affaire. Ce sera à titre gracieux. L'inspecteur James Easterly dit que quelque chose était suspect avec ces hommes et craint que ce ne soit un problème beaucoup plus grave, mais il ne trouve aucune preuve. Il a été retiré de l'enquête pour des raisons de budget et de manque de personnel. Il ne sait pas que Jackson m'a téléphoné.

— Nous avons prévu quarante-huit heures pour cela,

indiqua Ice. J'espère que c'est plus qu'il n'en faut pour régler le problème.

— Il s'agit essentiellement d'un travail de collecte d'informations.

Levi souleva le dossier et ajouta :

— J'ai les noms, les antécédents et les photos des visages des suspects. Jason Markham, Lance Haverstock, Barry Ferguson et Bill Morgan. Tous considérés comme les chefs d'un réseau de trafic d'êtres humains.

Harrison acquiesça.

— Nous allons vérifier les hommes, et nous n'entreprendrons rien de majeur. Je suppose que dans ce dossier, vous avez quelques adresses d'amis, de familles ou d'entreprises qu'ils sont connus pour fréquenter – ou des idées sur les endroits où ces gars ont été susceptibles de se rendre –, alors nous allons nous promener tranquillement et observer. Voyons si nous mettons la main sur quelque chose d'important. Si nous ne trouvons rien, eh bien, tant pis. (Il haussa les épaules.) Nous ne serons même pas officiels. Nous avons tous les deux des amis et de la famille là-bas. Logan peut rendre visite à ses amis, et je vais aller voir ma belle-sœur, continua Harrison joyeusement. De plus, Logan et moi sommes de plus en plus confinés à la maison. Nous avons besoin de sortir. Le bateau de l'amour, c'est un peu trop pour nous en ce moment.

Levi lui lança un regard noir.

Mais la bonne humeur de Harrison était irrépressible. Il sourit à Levi et ajouta :

— Tu sais ce que je veux dire, Levi. Beaucoup de roucoulements et de choses sexy se passent ici.

Katina attrapa la main de Harrison par-dessus la table et lui rétorqua :

— Ce n'est pas grave. Nous comprenons que tu te sentes délaissé et seul. Peut-être que tu trouveras quelqu'un de spécial pendant ce voyage.

Harrison retira sa main en gémissant sous les rires de tout le monde.

Logan leva la main pour faire un tope là à Harrison.

— OK. Je suis prêt à partir.

Harrison se leva d'un bond.

— Donne-moi deux minutes, et je te retrouve dans le garage.

Sienna entra.

— Il reste des places sur les vols au départ de Houston plus tard dans la matinée, annonça-t-elle. J'en ai réservé deux. (Elle se tourna vers Levi.) Qui part ?

Levi désigna Harrison et Logan.

— Ces deux-là. Retour dans trois jours.

Sienna sourit, remplit sa tasse et dit :

— Je reviens dans quelques minutes.

Elle sortit, et Harrison lui emboîta le pas en criant :

— Je prends le côté hublot. Logan prend le côté couloir.

Logan pouvait les entendre se disputer alors qu'ils quittaient la salle à manger.

— Surveillez vos arrières, lança Levi à Logan. Ça ressemble à une mission à la con, mais ces types n'ont pas été arrêtés sans raison valable.

Logan regarda Levi et demanda :

— On parle d'enlèvement ? D'assassinat ? De trafic d'êtres humains sur le sol américain ou à l'étranger ?

— Tout cela, répondit Levi. Soyez tous les deux prudents. Nous pouvons être dans les airs et à vos côtés en six heures au plus. Mais ce sont toujours six heures que vous devrez gérer par vous-mêmes.

Logan acquiesça en pénétrant dans la cuisine. Alfred était en train de préparer le petit-déjeuner, son habituel plat de saucisses et de bacon. Il jeta un coup d'œil à Logan et déclara :

— Ce sera prêt dans une dizaine de minutes.

Logan opina du chef.

— On sera probablement dans les parages à ce moment-là. Mais nous devrons nous dépêcher.

Logan retourna au comptoir de la salle à manger, remplit sa tasse de café et s'assit de nouveau. Il avait d'autres questions à poser, mais la conversation était déjà passée à autre chose. Levi poussa le dossier vers lui. Logan l'ouvrit et découvrit à l'intérieur les documents des quatre hommes qu'ils recherchaient, des documents sacrément minces d'ailleurs. Il les lut tous rapidement et ne trouva rien.

Il referma la pochette et la déplaça vers Levi.

— Je suppose que nous partirons avec une copie ?

— Sienna est en train de la préparer.

Logan acquiesça.

Alfred entra alors avec un plateau de toasts et de pommes de terre rissolées.

— Dites à Harrison de venir ici pour le petit-déjeuner.

Logan envoya un message rapide à Harrison.

Le temps qu'Alfred distribue le reste de la nourriture et que l'assiette de Logan soit remplie, Harrison arriva. Il déposa la paperasse à côté de Logan et annonça :

— Voici nos vols et nos réservations, ainsi que notre copie du dossier. (Il jeta un coup d'œil à Levi.) Comme il s'agit d'un travail bénévole, veux-tu que nous soyons logés chez des amis ou des membres de la famille ?

— Nous vous réserverons une chambre d'hôtel pour être sûrs que vous ayez un endroit où dormir.

Logan finit de manger, et, avec Harrison à ses côtés, ils firent leurs au revoir rapides et sautèrent dans l'un des camions.

Levi disposait désormais d'une flotte de véhicules assez importante. Ils utilisaient souvent un pick-up pour les déplacements rapides en ville et hors de la ville, bien qu'il faille quarante-cinq minutes de route pour se rendre à l'aéroport. Ils le laisseraient au parking de longue durée de l'aéroport pendant leur absence des prochains jours. Cela n'avait pas de sens d'accaparer quelqu'un d'autre pour les déposer et les récupérer.

À l'aéroport, ils franchirent les contrôles de sécurité à temps pour embarquer directement dans l'avion.

Lorsqu'ils atterrirent à Boston, quatre heures plus tard, ils sortirent de l'aéroport et restèrent debout à contempler un après-midi brumeux, gris et nuageux. Logan regarda Harrison et lui dit :

— Prenons la voiture de location et allons à l'hôtel.

Au bureau de location, ils remplirent les formalités administratives et se dirigèrent vers le parking pour trouver le véhicule de taille moyenne.

Logan s'installa sur le siège du conducteur.

— Ta belle-sœur habite-t-elle près de l'hôtel ?

Harrison secoua la tête.

— Je n'en ai aucune idée. Je n'ai pas eu l'occasion de confirmer avant aujourd'hui. Je verrai une fois que nous serons enregistrés.

— Tu lui as dit que tu venais ?

Harrison branla du chef.

Logan lui jeta un coup d'œil et demanda :

— Il y a des antécédents ou des problèmes ?

— Je ne suis pas sûr, répondit Harrison facilement. Mes

parents m'ont demandé de prendre de ses nouvelles.

— Quelle est l'histoire ?

— Mon frère a été tué dans un accident de voiture, et sa femme a perdu le bébé qu'elle portait peu après. Je n'ai pas eu beaucoup de nouvelles d'elle depuis.

— Waouh, d'accord ! C'est beaucoup de drames vraiment déprimants en même temps. (Logan réfléchit et ajouta :) Elle est probablement passée à autre chose. Je suis désolé pour ton frère et ta nièce ou ton neveu.

— C'était une période difficile pour nous tous à l'époque.

Harrison lui lança un coup d'œil.

— As-tu appelé tes amis ?

— Pas encore.

Logan grimaça.

— Je ne suis pas resté en contact, donc je ne sais même pas qui est encore là. Mais pour une raison ou pour une autre, je voulais vraiment venir à Boston.

— Tu étais proche de l'un d'entre eux ?

— Non. Pas vraiment. J'étais seulement ami avec le groupe. Mais ce serait bien de les contacter. Si ça ne marche pas, ce n'est pas grave non plus.

À l'hôtel, ils montèrent dans leur chambre. Harrison s'assit pour déterminer où vivait sa belle-sœur, puis compara son adresse à celle de l'hôtel et à celles que Levi leur avait demandé de vérifier.

Logan sortit sur le balcon pour passer ses appels. Une demi-heure plus tard, il n'était pas plus avancé. L'un des gars avait ri et dit qu'il n'était même plus à Boston. Un autre avait déclaré qu'il était en vacances à Hawaï. Lorsque Logan téléphona à Kandy, il n'eut pas de réponse. Il haussa les épaules. Voilà ce qui lui arrivait quand il n'échafaudait pas de plans à l'avance.

Il entra pour voir si Harrison avait plus de chance et découvrit qu'il avait déjà cartographié les emplacements connus pour une reconnaissance rapide en voiture. Il avait également parlé à sa belle-sœur, qui n'était pas intéressée par des retrouvailles. Elle avait tourné la page. Apparemment, cela ne le dérangeait pas.

Logan consulta sa montre.

— Nous avons le temps cet après-midi de vérifier quelques-unes de ces adresses.

Ils étaient de retour à l'extérieur dans le véhicule de location, et en avaient déjà programmé le GPS intégré. Ils se rendirent au premier domicile, dans un secteur relativement aisé, plein de maisons de ville en pierre brune. Beaucoup de parcs, un quartier familial agréable. Ils ne firent pas le tour de la zone, mais s'arrêtèrent et se garèrent. Ils marchèrent quelques rues jusqu'à un parc et s'assirent pour étudier le plan et l'adresse en question. Les numéros du pavillon étaient clairement visibles. C'était un endroit calme, sans histoire – aucun signe d'entrée ou de sortie. Les rideaux des fenêtres de la chambre du haut étaient fermés. Logan étudia la résidence pendant un long moment et déclara :

— Je n'ai eu aucun résultat sur cette adresse. Et toi ?

Harrison haussa les épaules.

— Elle me semble déserte. Je n'en tire aucune impression.

Ils retournèrent à la voiture pour se rendre à l'adresse suivante. En chemin, Logan dit :

— Tu nous entends ? Parler d'impression. Quelle est la différence avec Terk et ses avertissements ?

— J'aime à penser que mes impressions sont plutôt le fruit d'années d'expérience à chercher les ennuis.

— Absolument. C'est ce que je ressens. Mais peut-être que c'est aussi ce que ressent Terk. Il a peut-être un instinct plus développé que le nôtre. C'est probablement ce qui explique sa perspicacité.

Harrison acquiesça.

— Quoi qu'il en soit, cela ne me dérange pas trop. Tant qu'il ne commence pas à porter un grand turban et une boule de cristal, c'est bon.

— Je n'ai jamais rencontré ce type. Et toi ?

Harrison rit.

— Moi non plus.

— Alfred semble prendre Terk très au sérieux. Il l'a connu aussi par le biais de l'armée.

Harrison se tourna vers lui, surpris.

— Alfred ?

Logan acquiesça.

— Waouh !

La deuxième adresse semblait être un appartement. Ils se garèrent, sortirent et firent le tour du pâté de maisons, pour voir à quoi ressemblait le quartier. L'immeuble avait l'air d'appartenir à la classe moyenne. Il n'y avait pas de système de sécurité à l'entrée principale, mais lorsqu'ils s'approchèrent, quelqu'un déverrouilla la porte et les laissa entrer. Ils se dirigèrent vers le bon logement, en montant les escaliers jusqu'au quatrième étage.

Ils empruntèrent le couloir, trouvèrent le numéro de l'appartement, mais, bien sûr, ne remarquèrent aucun nom ni moyen d'identification.

Alors qu'ils se dirigeaient vers l'ascenseur, l'une des voisines sortit, et Logan lui parla.

Elle sourit.

— J'ai entendu des femmes à plusieurs reprises, mais je

ne les connais pas et je n'en ai pas vu une seule depuis des mois. (Elle ajouta en haussant les épaules :) J'ai entendu des coups et des bruits l'autre jour, mais c'est tout. Depuis, c'est le calme plat.

Elle leur sourit en appuyant sur un bouton pour fermer la porte de l'ascenseur.

— Je l'ai entendu crier après une femme ce matin, alors peut-être qu'il a une nouvelle petite amie.

Lorsque la porte coulissa, Harrison demanda :

— Je suppose que vous n'avez obtenu aucun nom, n'est-ce pas ?

— Oh là là, si ! Ce matin, il l'a appelée Alina. Je me rappelle avoir pensé que c'était un très joli prénom.

La double porte se referma alors devant elle.

— Alina ? réagit Logan en jetant un coup d'œil vers l'appartement, son impression déclenchant un sentiment étrange. Je suis en train de me faire une idée sur cet endroit.

Il se dirigea vers l'appartement et colla son oreille contre la porte. Aucun signe de quoi que ce soit. Il frappa fort. Personne ne répondit. Harrison le rejoignit alors qu'il toquait une seconde fois. Cette fois, il crut entendre des pleurs.

— Il faut qu'on vérifie ça.

— On entre ?

Logan avait déjà ses outils. La porte s'ouvrit en quelques secondes. Après un rapide coup d'œil pour s'assurer qu'ils étaient seuls, il se glissa à l'intérieur, Harrison sur ses talons. Ce n'était pas légal, et Levi ne l'approuverait certainement pas, mais ils devaient entrer. Parfois, il faut suivre son instinct, et en ce moment même, celui de Logan lui hurlait dessus.

Chapitre 2

ALINA LAISSA TOMBER sa tête sur l'oreiller, et pleura lorsque le mouvement étira ses épaules et tordit son cou, aggravant la douleur. Comment s'était-elle mise dans ce pétrin ? Et comment allait-elle s'en sortir ? Colin était parti pour quelques heures – c'était du moins ce qu'il avait dit. C'était la première fois qu'il la laissait seule. Par conséquent, c'était l'unique occasion qui s'offrait à elle. Mais cela ne servait à rien si elle n'avait aucun moyen de s'échapper. Elle était ici depuis deux jours. Deux longs jours – pour autant qu'elle s'en souvienne. Mais le sort qui l'attendait était pire. La dernière chose qu'elle souhaitait était d'être violée, mais d'après lui, c'était tout ce qu'elle connaîtrait après cela. Elle se déplaça sur le matelas et essaya une fois de plus de libérer les liens de ses poignets. Les deux étaient entravés à un coin du lit. Ses chevilles étaient ligotées à l'autre barreau.

Elle l'avait supplié de ne pas l'attacher, mais il ne l'avait pas écoutée. Elle avait conscience que plus elle resterait allongée ici, plus son corps s'engourdirait. Ce serait presque un cadeau à ce moment-là. Il fallait qu'elle s'en aille. Mais comment ?

C'est alors qu'elle entendit la porte s'ouvrir. Elle se figea. Colin n'était pas encore parti depuis assez longtemps. Et s'il était déjà de retour, elle n'avait plus le temps. Et qu'est-ce qu'elle allait faire ? Elle avait perdu sa seule chance de liberté.

Avec des larmes chaudes dans les yeux qu'elle ne pouvait pas essuyer, elle écouta ses pas. Mais elle n'arrivait pas à calmer la panique qui l'habitait. Depuis qu'elle avait commis l'erreur de prendre un café avec lui à la cafétéria de l'hôpital, elle était plongée dans un brouillard cérébral et s'était retrouvée dans une situation délicate.

Lorsqu'elle distingua des bruits de pas plus nombreux qu'auparavant, elle se figea de peur. L'endroit était-il cambriolé ou était-ce Colin ? Si c'était lui et qu'elle criait à l'aide, il lui casserait la figure, comme la dernière fois.

Mais que ferait un intrus ? La relâcher, se moquer d'elle ou… quelque chose de bien pire ?

Puis elle se souvint de la menace de Colin. Il avait des hommes qui cherchaient des femmes. Des femmes blanches. Blondes. Et ils paieraient le prix fort. Elle frémit. Elle ne pouvait imaginer qu'un voleur s'introduisant dans cet appartement serait pire que les copains de Colin.

La voix rauque, elle appela :

— À l'aide. S'il vous plaît, à l'aide.

Plus de silence.

Et elle attendit. Elle priait pour que ce ne soit pas Colin qui se faufile pour la tester. Un homme apparut dans l'embrasure de la porte. Elle entendit son exclamation effrayée, suivie par l'apparition d'un deuxième homme.

Elle ne reconnut ni l'un ni l'autre. Elle les regarda tous les deux, terrifiée et pourtant remplie d'espoir.

— S'il vous plaît, détachez-moi, supplia-t-elle. Aidez-moi à m'enfuir avant qu'il ne revienne.

Les deux gars se précipitèrent à ses côtés, l'un sur ses mains, l'autre sur ses pieds. Celui qui s'occupait de ses mains étudia son visage pendant qu'il s'efforçait de la libérer, et lui demanda :

— Mais qui vous a infligé ça ?

Elle le fixa.

— Colin Fisher. C'est lui qui m'a attachée.

Il se figea, puis retourna à ses liens.

Elle avait conscience qu'elle avait l'esprit embrumé, mais cela n'avait aucun sens qu'ils aient pénétré dans un appartement sans savoir à qui il appartenait. À moins qu'ils ne soient en train de faire du repérage. Mais dans ce cas, pourquoi rester dans les parages ?

— Vous ignoriez qui vivait ici quand vous êtes entrés par effraction ?

Le premier homme lui jeta un regard dur et la questionna :

— Comment savez-vous que nous sommes entrés par effraction ?

Elle allait répondre, mais ses mains furent libérées, et ses bras tombèrent sur le lit. Elle poussa un cri de douleur en les remontant jusqu'à ses épaules. Le gars saisit ses bras et les secoua avant de les masser.

— Calmez-vous, dit-il. Si vos bras sont dans cette position depuis longtemps, vous aurez très mal en les bougeant.

Elle sursauta, incapable d'arrêter les larmes qui montaient à ses yeux.

— Je suis comme ça depuis ce matin, quand il est parti. Mais il m'attache par intermittence depuis deux jours.

— Une idée de l'endroit où il est parti ?

— Pour rencontrer ses amis. Ceux qu'il n'arrête pas de me menacer de m'envoyer.

Le deuxième homme à ses pieds libéra finalement ses jambes. Il lui massa le bas des mollets, la plante des pieds et les chevilles, tout en déplaçant lentement les jambes de haut en bas, en pliant les genoux.

La douleur qui la traversait l'empêchait de parler. Quand elle le put, elle relata :

— Colin m'a dit qu'il connaissait des types qui achètent des femmes comme moi.

— Comme vous ? demanda le gars le plus proche.

Elle lui lança un regard confus.

— J'ai supposé qu'il parlait de toutes les femmes qui le contrariaient parce que je ne lui donnais pas ce qu'il voulait.

Le mec s'arrêta et la considéra fixement.

— Il vous a violée ?

Elle secoua la tête.

— J'ai été inconsciente la plupart du temps. Je ne pense pas, mais il m'a posé un ultimatum. Il a dit que si je n'acceptais pas de me soumettre, il me vendrait à ces types.

— C'est toujours un viol. Quelle que soit la façon dont vous le décrivez.

Il se pencha et la prit dans ses bras.

— Et il a probablement prévu de vous vendre de toute façon. Il en tirerait quelque chose pour lui et vous terroriserait encore plus.

Elle ne savait pas si elle devait s'agripper à lui ou essayer de s'enfuir. Une fois qu'il l'eut installée sur une chaise, elle se rendit compte à quel point ses jambes étaient caoutchouteuses, ainsi que ses bras.

Il continua à lui masser les jambes et les pieds pour faire circuler le sang.

Elle lui adressa un sourire hésitant et lui souffla : « Merci ». Elle jeta un coup d'œil à la porte.

— Il faut vraiment qu'on se tire d'ici.

— Parlez-nous de Colin, lui intima le premier homme. Nous ne pouvons pas le laisser recommencer.

Elle branla du chef, comme pour faire le vide.

— Je suis infirmière. Il a expliqué qu'il travaillait à temps partiel comme aide-soignant. Il n'arrêtait pas de m'inviter à sortir, et je refusais. Après cela, c'est devenu un cauchemar, comme si j'étais déjà sa petite amie et que j'étais simplement difficile. Il n'a pas cessé de me harceler. Il m'a finalement surprise à la cafétéria, puis je me suis assise et j'ai pris un café avec lui.

— Avez-vous appelé la police, signalé le harcèlement ? l'interrogea le deuxième gars.

Elle acquiesça et passa ses bras autour de ses épaules.

— J'espérais qu'il arrêterait à ce moment-là. Mais je ne me souviens de rien après le café. (Elle dévisagea les étrangers.) Qui êtes-vous d'ailleurs ? Non pas que je ne sois pas reconnaissante. Je veux vraiment sortir d'ici.

Elle jeta un coup d'œil autour d'elle, ne leur laissant même pas le temps de répondre, et demanda :

— Mon sac à main est-il là ?

— Je vais regarder, déclara le deuxième homme.

Le premier s'arrêta de la masser et posa délicatement son pied sur le sol.

— Merci. Je suis Alina Chambers, chuchota-t-elle. Qui êtes-vous ?

— Je suis Logan, et mon pote est Harrison. Nous travaillons pour une société de sécurité privée au Texas. (Il lui adressa un sourire de travers.) Vous avez de la chance que nous soyons venus vérifier si cet appartement ne présentait pas un problème potentiel.

Elle le regarda fixement.

— Je suis sûre que ça a du sens pour vous, mais pas pour moi.

Elle appuya ses mains sur la chaise et se leva péniblement.

— Je dois partir avant qu'il ne revienne. Où sont mes chaussures et mon sac ? Je peux appeler les flics, mais j'ai peur qu'il soit libéré sous caution et qu'il me retrouve en un rien de temps.

Elle fit quelques pas et fut obligée de s'accrocher au mur pour s'assurer.

— Comment puis-je être aussi faible ?

— Il vous a droguée ? demanda Logan à ses côtés, en passant un bras autour de ses épaules pour la soutenir.

Il l'aida à franchir la porte et désigna une paire de bottes de femme sur le sol.

— Ce sont les vôtres ?

— Oui, s'écria-t-elle avec gratitude.

Il se pencha et souleva d'abord un pied, puis l'autre. S'appuyant sur son dos, elle les enfila.

Elle se sentait déjà mieux. Pourquoi le fait d'avoir des bottes lui donnait-il un peu plus de sécurité et de confiance en elle ?

— Logan ?

La voix de Harrison provenait de l'autre pièce.

— Tu dois voir ce que j'ai trouvé.

Logan se redressa et lui tapota l'épaule.

— Restez ici, près de la porte. Laissez-moi voir ce qu'il a découvert.

Elle s'appuya contre le mur à côté de la porte, et se demanda si elle pouvait sortir. C'était sûrement beaucoup plus sûr que d'être à l'intérieur. Mais elle voulait vraiment son sac à main. Elle attendit un long moment, puis se dirigea vers l'endroit où les hommes avaient disparu. Elle les découvrit dans la cuisine.

À son arrivée, Logan se retourna et demanda :

— Est-ce que l'un de ces objets est à vous ?

Sur la table se trouvait un assortiment de sacs à main.

Choquée, elle se sentit vaciller. Elle s'accrocha au comptoir, étudia les rangées bien ordonnées et compta quinze sacs. Ses os se transformèrent en caoutchouc, et toute la chaleur de son corps se dissipa. Elle murmura :

— À combien de femmes a-t-il fait ça ?

Elle prit une grande inspiration et désigna d'un signe de tête le sac à main le plus éloigné. Même la joie qu'elle éprouvait à le voir n'effaçait pas l'énormité de ce qu'ils avaient déniché.

— Celui en cuir bordeaux à l'autre bout ressemble au mien.

Logan le prit, l'ouvrit et le lui donna.

— Votre portefeuille est toujours dedans.

— Où avez-vous trouvé ça ? s'écria-t-elle en fouillant dans son portefeuille et son sac à main avec soulagement.

Harrison lui désigna le placard au-dessus du réfrigérateur.

— Ils étaient là-haut dans une boîte.

S'appuyant sur le comptoir de la cuisine, elle sonda rapidement l'intérieur de son sac.

— Mes clés d'appartement et de voiture, mon portefeuille, mon argent et même mes cartes de crédit y sont encore.

Elle tendit une main pour s'essuyer le front.

— C'est un soulagement. Qu'est-ce qu'on fait de tout ça ? demanda-t-elle en désignant les autres. Si une femme a disparu pour chaque sac à main présent ici...

Les deux hommes échangèrent un regard dur.

— Il faut appeler la police, dit-elle à contrecœur. Il faut l'arrêter.

Logan lui jeta un coup d'œil et la questionna :

— Vous habitez à Boston ?

Les yeux de la jeune femme s'écarquillèrent.

— Boston ? Je suis à Boston ? (Elle branla du chef.) Non, je vis à Somerville et je travaille à l'hôpital universitaire de cette ville.

— C'est à quoi ? Une demi-heure d'ici ?

Elle fit un rapide signe de tête, puis se couvrit la bouche avec ses mains.

Logan lui souleva le bras.

Elle lança un coup d'œil vers le bas pour voir l'enflure sur le dessus de son bras.

— Il m'a donc droguée.

Elle observa son visage tandis qu'il hochait la tête.

— On dirait bien. Et il semblerait que votre système n'ait pas apprécié. (Il jeta un coup d'œil à Harrison.) Elle a besoin d'un hôpital.

— Et nous devrions contacter Levi.

— Qui est Levi ? demanda Alina, désormais méfiante à l'égard de tout nouvel arrivant dans sa vie.

— Notre patron, lui précisa Logan.

— Ils avaient raison à propos du réseau de trafiquants, souligna Harrison.

— Merde ! lâcha Alina. Je pensais qu'il utilisait cela comme une menace.

Logan pointa du doigt la rangée de sacs à main.

— Je doute fort qu'il s'agisse d'un problème de vol de sacs à main.

Elle commença à trembler, puis les larmes lui montèrent aux yeux. Elle se retourna et s'appuya sur le comptoir, sentant son souffle s'échapper de son corps.

— À quel point ai-je failli finir comme ces pauvres femmes ?

— Je dirais qu'il s'en est fallu de peu.

Logan resta à ses côtés et frotta doucement ses épaules et son dos. Il pivota vers Harrison.

— Tu veux appeler Levi depuis l'autre pièce ?

Il se tourna vers elle et se pencha pour étudier son visage.

Elle lui adressa un maigre sourire et déclara :

— Je vais bien. Honnêtement, ça va aller.

Il acquiesça.

— Ça va aller maintenant. Savez-vous depuis combien de temps Colin est parti et quand il est censé revenir ?

— Il a dit quelques heures.

Elle ferma les yeux pour essayer de réfléchir. Le temps lui paraissait si irréel.

— Je ne suis pas sûre de savoir combien de temps s'est écoulé. J'étais allongée là, à chercher comment me libérer. C'est la première fois qu'il me laisse seule.

— Vous êtes sûre qu'il ne vous a pas touchée ?

Elle le considéra fixement, les larmes aux yeux.

— Comment suis-je censée le savoir ? S'il m'a droguée, comment pourrais-je…

Et elle se mit à pleurer.

Il la prit dans ses bras et la serra contre lui.

— Calmez-vous. Vous avez traversé une grande épreuve, mais vous êtes en sécurité maintenant.

Elle secoua la tête, ses larmes dégoulinèrent sur sa chemise, et elle marmonna :

— Comment êtes-vous en mesure d'affirmer ça ? Nous sommes toujours dans cet endroit où j'ai été retenue captive. Vous n'avez pas encore attrapé le méchant. Et je doute fort que vous le fassiez maintenant. Mais je ne peux pas le laisser en liberté.

— Vous n'avez pas confiance dans le système judiciaire,

n'est-ce pas ?

Elle branla du chef.

— Je suis infirmière et j'ai travaillé dans l'un des quartiers les plus pauvres de la ville. C'était incroyable le nombre de personnes que nous voyions à plusieurs reprises. Des femmes maltraitées, des bagarres de gangs, des victimes de viols. (Elle secoua la tête.) Ce monde est un vrai bordel.

Pour Alina, se blottir contre l'homme grand et fort qui se trouvait à ses côtés pour le moment était une expérience grisante. Elle l'entoura lentement de ses bras et s'accrocha à lui.

Il l'étreignit plus fort.

— Tout va bien se passer. Harrison et moi ne laisserons rien vous arriver.

Elle releva la tête et le fixa. Il dépassait son mètre soixante-cinq ; elle devina qu'il devait mesurer au moins un mètre quatre-vingt-quinze. Elle était petite et maigre, et lui, c'était l'inverse, il pesait facilement cent dix kilos. Elle secoua la tête.

— Laissez-moi vous emmener à l'hôpital, dit-il. Je vais vous faire examiner.

— Mais ça signifie que je serai dans le système, et ce n'est pas un endroit très agréable.

— Ayez confiance, lança-t-il fermement. Vous devez avoir confiance.

Elle lui adressa un faible sourire.

— Pour ce que j'en sais, vous êtes deux des types dont Colin parlait.

Logan se déplaça et attrapa son portefeuille dans sa poche arrière.

— Je peux arranger ça tout de suite.

Il sortit sa carte pour qu'elle la voie.

— J'ai aussi été militaire pendant dix ans. Je n'aime pas battre, blesser ou trafiquer des femmes. (Il sourit.) Et j'aime les ours en peluche, les gâteaux d'anniversaire et le bronzage au bord de la piscine.

Elle cligna des yeux.

— Quel est le rapport avec le trafic de femmes ?

— Tout ce que je dis, c'est que j'ai un côté beaucoup plus doux. Je suis un homme normal. Je ne suis pas un monstre.

C'était exactement ce que Colin était – un monstre. Elle jeta un coup d'œil aux sacs à main.

— Pourquoi les conserverait-il ? Devrais-je regarder si je connais l'une des femmes qu'il a enlevées avant moi ?

Il y avait de l'espoir dans sa voix quand il répondit :

— Ce n'est pas une mauvaise idée.

Il la conduisit à la table de la cuisine et l'aida à s'asseoir sur l'une des chaises.

— Nous allons procéder méthodiquement.

Il ouvrit le premier sac à main, en sortit un permis de conduire, étudia attentivement le nom et le visage, puis prit une photo avec son téléphone, avant de lui tendre le permis.

— On dirait que l'argent a disparu, tout comme les cartes de crédit. Il ne reste que le permis de conduire à l'intérieur.

— Laura Resnick, lut-elle à voix haute. Non, je ne la connais pas.

Elle rangea la pièce d'identité dans le portefeuille, puis ce dernier dans le sac à main qu'elle ferma et mit de côté. Ils passèrent en revue les autres sacs, et elle ne connaissait personne ; lui non plus n'identifiait aucun visage ni aucun nom. Lorsqu'il arriva au dernier sac, il l'ouvrit et annonça :

— Cecily.

— Cecily Turner ? (Elle l'arracha de sa main.) Oh, mon Dieu ! Je la connais. Elle travaille dans le même hôpital que moi. Elle était en cuisine. Elle livrait tous les repas aux patients.

Il lui lança un coup d'œil et déclara :

— Deux femmes travaillant dans le même hôpital…

Elle leva les yeux et grimaça.

— Un terrain de chasse ?

— Aucun des autres noms ne vous dit quelque chose ?

Elle secoua la tête.

— Non, mais ça ne signifie pas grand-chose. En général, des centaines de personnes bossent dans un hôpital. Si je connais Cecily, c'est surtout parce que son prénom est unique.

Harrison entra dans la cuisine et annonça :

— Levi veut la confirmation du fait que les sacs à main appartiennent à quinze femmes différentes. Il souhaite des copies des pièces d'identité.

Logan brandit son téléphone et répondit :

— J'ai des photos de toutes les femmes. Je les envoie tout de suite.

Harrison acquiesça.

— Il a demandé d'attendre de voir si ce Colin revient. Si c'est le cas, on appelle les flics. Et s'il ne revient pas, après quelques heures, on les contacte quand même.

Elle écouta la conversation, son regard allant de l'un à l'autre.

Harrison expliqua :

— Ce n'est qu'une des cinq adresses que nous avons pour les quatre hommes que nous suivons. Il n'y a aucun moyen de savoir ce que nous pourrions trouver d'autre à ce stade.

— Quatre hommes ? réagit Alina avec prudence. Je ne suis même pas sûre d'avoir envie de le savoir. Y a-t-il une chance que ce soit les mêmes que ceux avec lesquels Colin m'a menacée ?

— Connaissez-vous leurs noms ?

Elle secoua la tête.

— Il n'a rien dit.

LOGAN ÉTUDIA SON visage, encore choqué de l'avoir trouvée lorsqu'ils avaient pénétré dans l'appartement. Il arriverait facilement à couvrir ses traces après son entrée illégale, car il raconterait à la police qu'ils avaient entendu quelque chose de très suspect, comme son appel à l'aide. Il ne faisait aucun doute qu'elle avait été une victime dans toute cette histoire. Et même si elle tremblait encore sacrément, ils devaient déterminer quelles informations utiles elle était susceptible d'avoir, tout ce qu'elle avait à offrir. Il secoua la tête.

— Cet appartement est manifestement d'une certaine importance. L'avez-vous entendu mentionner des noms ? Des adresses ? Des dates ? Quelque chose qui aiderait à retrouver ces hommes ?

— Non, il a à peine parlé.

Elle le fixa, ses yeux bleu clair s'assombrissant.

— Ils font tous partie du même réseau de trafiquants.

Elle jeta un coup d'œil autour d'elle et s'entoura de ses bras.

— Je commence à avoir froid, je peux partir maintenant ?

— Où iriez-vous ?

— Chez moi, dit-elle.

— Comment comptez-vous vous y rendre ? Je suppose

que votre véhicule est toujours à l'hôpital, car c'est le dernier endroit dont vous vous souvenez.

Harrison prit la parole :

— Je vais voir si un avis de disparition a été émis vous concernant.

— J'en doute. Je vis seule. Mon loyer est payé, et j'avais droit à quatre jours de congé de toute façon. (Elle se tourna vers eux.) Je me demande si Colin était au courant.

— Nous devons supposer qu'il avait des informations internes, comme votre emploi du temps.

— À l'hôpital, beaucoup de gens parlent, indiqua-t-elle.

Logan perçut un bruit. Il mit son doigt sur ses lèvres et fit signe à Harrison, qui courut discrètement jusqu'à la porte d'entrée et se plaça derrière, au cas où il s'agirait de Colin. Logan fit signe à Alina de se cacher derrière le bout du comptoir, afin de laisser à Colin une seconde ou deux avant de la remarquer. Logan et Harrison auraient ainsi le temps de l'attraper.

Alina ferma les yeux et retint son souffle.

Logan se tenait juste à l'intérieur de la chambre, hors de vue.

Une clé fut introduite dans la serrure, puis la porte s'ouvrit d'un coup sec.

— Bon sang, lâcha l'inconnu. Je suis sûr d'avoir fermé cette stupide porte à clé.

Il entra et claqua la porte avec force, jeta un coup d'œil à la cuisine et se figea lorsqu'il aperçut Alina.

— Putain de salope ! Comment t'es-tu libérée ?

Lorsqu'il se dirigea vers elle, Harrison l'attrapa par-derrière, l'étrangla et le fit tomber à genoux.

Logan s'avança devant l'homme pour dresser une barrière entre lui et Alina, le poing tendu et prêt à l'emploi.

— Je le tiens, dit Harrison en grognant. Un sale type qui s'adonne au trafic de jeunes femmes.

Colin lança un regard à Logan, mais ferma délibérément la bouche et la garda ainsi.

Harrison força Colin à se lever, et Logan attrapa les bandes de fil de fer de sa poche arrière afin d'attacher les mains de Colin entre elles en tordant le lien très fort.

Cela ne l'empêcherait pas de s'enfuir, mais cela l'empêcherait d'avoir les mains libres. Logan désigna les sacs à main posés sur la table et demanda :

— Vous voulez expliquer ?

Colin le dévisagea fixement, un grognement sur les lèvres, ce regard dans les yeux… et les muscles de son cou tendus, comme un bouledogue prêt à attaquer – mais retenu contre sa volonté.

L'attitude du type avait quelque chose de vicieux, pourtant c'était un homme d'apparence moyenne avec des cheveux bruns courts et rien d'assumé dans ses traits. Logan aurait pu passer devant lui dans la rue et n'aurait jamais su qu'il était tout sauf normal. C'était justement ce qui le rendait si facile à cacher aux autorités. Les femmes ne reconnaîtraient pas le monstre qui sommeille en lui. Elles ne se souviendraient pas non plus de lui lorsqu'on leur poserait la question.

Harrison le laissa tomber sur une chaise de la cuisine où se tenait encore Alina. Elle sursauta et recula jusqu'à l'autre bout de la pièce.

Colin ricana.

— Espèce de salope. Tu crois que ça va te permettre de te tirer d'affaire ? J'ai déjà transmis tes coordonnées. Ils t'attraperont, que ce soit ici ou chez toi.

Logan s'approcha et attrapa Alina avant qu'elle ne

s'effondre. Il la serra contre lui et lui dit :

— Ne l'écoute pas. Il essaie seulement de te faire peur.

Elle orienta des yeux terrifiés vers Logan et murmura :

— Et s'il avait raison ?

Logan se retourna pour étudier le type. Harrison fouilla dans les poches de Colin, et en tira son téléphone et sa carte d'identité.

Ce dernier ne se débattit pas. Il était assis là, nonchalamment, comme s'il avait une sorte de système de sécurité et que les hommes ignoraient quelle surprise il leur réservait.

Et ce genre de choses inquiétait toujours Logan. Parce que trop souvent, ces connards avaient plus d'un tour dans leur sac. Il prit le mobile de Colin et vérifia les contacts des derniers appels. Il sortit son propre téléphone et appela Levi.

Lorsque celui-ci répondit, Logan annonça :

— Nous avons Colin Fisher ici. J'ai un portable, et un tas de noms et de numéros. (Il parcourut l'historique.) Les deux derniers appels étaient destinés à Roma Chandler.

— D'accord. Autre chose sur le téléphone ?

— Oui, un paquet de messages. L'un d'eux mentionne l'achat d'un nouveau produit. Je suis en train de les passer en revue.

Ceci fait, Logan eut envie de prendre une douche. Ce n'était pas seulement sale, c'était carrément dégueulasse.

— Levi, il faut qu'on trouve ce connard de Chandler. Il en a après Alina.

À côté de lui, Colin ricana de nouveau.

— Je lui ai dit. Elle est foutue, peu importe ce que vous me ferez.

Logan échangea un regard dur avec Harrison. Puis il demanda :

— Quelque chose dans le portefeuille ?

Harrison acquiesça.

— Laisse-moi parler à Levi.

Logan lui tendit le téléphone et se rapprocha de Colin au cas où il tenterait quelque chose de louche. Harrison passa en revue le contenu du portefeuille du type avec Levi. Logan écoutait à moitié. Il ne semblait pas y avoir grand-chose d'important – son permis de conduire et ses cartes de crédit. S'ils arrivaient à retracer ses activités grâce aux cartes, cela donnerait une idée de l'endroit où il était allé et des personnes qu'il avait potentiellement rencontrées. Tout dépendait s'il avait payé ou si quelqu'un d'autre l'avait fait.

En étudiant Colin, Logan aperçut un paquet de cigarettes dans sa poche supérieure. Il le sortit, et Colin éclata de rire.

— Tu en allumes une pour moi ?

Logan ouvrit le paquet et ne trouva que six cigarettes à l'intérieur. Il les jeta sur la table et vérifia la boîte. Il avait déjà vu toutes sortes de choses cachées dans des paquets de cigarettes. Mais celui-ci semblait vide. Il le balança sur la table et fit face à Colin.

— Tu te rends compte des ennuis dans lesquels tu t'es fourré, n'est-ce pas ?

Il sentait Alina se cacher derrière lui, visiblement tremblante, et pour cause.

— Tu violes et drogues des femmes pour qu'elles ne résistent pas, puis tu les remets à tes hommes pour qu'ils les intègrent dans le commerce du sexe.

Colin haussa les épaules.

— C'est mieux que de les inviter à dîner et de se faire larguer tout le temps.

— Peu importe les excuses qui te conviennent.

Colin l'ignora et se tourna vers la fenêtre.

Harrison revint alors. Il tendit le portable à Logan et dit :

— Aide-le à se lever. Je n'ai pas vérifié toutes ses poches.

Ils mirent Colin debout, puis contrôlèrent d'abord l'intérieur de ses chaussettes et de ses chaussures. Dans sa poche arrière, il avait un petit carnet. Lorsqu'ils le sortirent, le regard de Colin se durcit.

Logan sourit.

— C'est intéressant.

Il l'ouvrit et l'étudia. Des noms et des chiffres.

— On dirait une liste de bookmakers.

Ce n'était pas le cas, mais il guetta une réaction de Colin.

Puis il vit quelques noms qu'il reconnut. En face de ceux-ci, il y avait des montants en dollars. Lorsqu'il tomba sur Laura Resnick, le premier nom qu'Alina avait lu à haute voix, 14 000 dollars étaient inscrits à côté.

— Depuis combien de temps as-tu été payé pour Laura Resnick ?

Colin s'affaissa dans son fauteuil, ferma les yeux et feignit de s'endormir.

Harrison se plaça devant lui pour bloquer la vue d'Alina, et tendit la main vers le bas.

Colin hurla.

Logan s'inquiéta de la réaction d'Alina, mais il n'était pas question pour lui d'empêcher Harrison de faire parler ce connard.

Lorsque Harrison recula, Colin gémit comme une petite fille.

— Tu ne peux pas faire ça, réussit-il à prononcer entre deux sanglots. C'est de la violence policière.

— Oh, nous ne sommes pas la police ! rétorqua Harrison. Et tu n'es rien d'autre qu'un trafiquant, tu n'as donc aucun droit. De plus… (Il se retourna pour regarder Logan et Alina.) Je ne pense pas qu'aucun d'entre eux ait vu quoi que ce soit.

Alina secoua la tête.

— Non, mais une deuxième démonstration serait agréable à regarder, lâcha-t-elle avec amertume. Ce connard doit payer pour ce qu'il a infligé à ces femmes.

Logan sourit.

— Rien de tel qu'un peu de vengeance pour qu'une victime se sente mieux.

— Alors, parle, connard, s'emporta Harrison. Combien de femmes sont encore à Boston ? Où se déroule l'échange et quand ? Si nous avons de la chance, certaines d'entre elles, si ce n'est toutes, sont susceptibles d'être encore sur le sol américain.

— Oh, mon Dieu ! s'exclama Alina en le fixant. Vous pensez que c'est possible ? Pouvons-nous les retrouver ? Les sauver ?

Chapitre 3

L A SIMPLE IDÉE d'aider les autres femmes rassurait Alina. La vue des sacs à main avait sonné comme une condamnation à mort. Penser que ce connard était responsable du tourment de tant d'autres… elle n'était pas en mesure de le supporter. Et elle avait été sauvée par un coup de chance. Peut-être que ces types pourraient aider les autres victimes. Ils n'étaient pas de la police, mais de la sécurité privée, quoi que cela signifie. Ce qu'elle savait, c'était qu'ils s'étaient introduits dans l'appartement, qu'ils l'avaient sauvée et qu'ils avaient capturé Colin.

Pour elle, ces hommes étaient des héros.

— Je veux vous prêter main-forte, déclara-t-elle.

Harrison jeta un coup d'œil d'elle à Colin.

— Dis-nous tout ce que tu sais sur les autres membres de ton réseau – où ils travaillent, ce qu'ils font, comment ils traquent les femmes. D'où viennent les filles aussi.

— En quoi le fait de savoir où il les a emmenées peut-il nous aider ? demanda Alina.

Logan l'entoura d'un bras et la conduisit dans la pièce voisine.

Trouvant que c'était quelque chose qui lui manquait déjà, elle l'entoura de son bras et se blottit contre lui.

— Merci beaucoup de m'avoir sauvée, murmura-t-elle.

— Il n'y a pas de quoi, répondit-il. Toutes les informations que nous parviendrons à trouver sur lui nous mèneront à ses relations et, avec un peu de chance, à l'endroit où se trouvent les femmes.

— Mais vous avez un métier, n'est-ce pas ? Vous êtes quand même en mesure d'aider ?

— Oui, et c'est ça. Mais nous ne sommes pas officiels. Le problème, c'est qu'une fois que nous aurons sollicité l'intervention de la police, celle-ci nous demandera, non sans politesse, de nous retirer.

Elle hocha la tête en signe de compréhension.

— Je comprends, mais tout renseignement que nous trouverons par nous-mêmes et que nous leur transmettrons fera quand même avancer leur dossier, n'est-ce pas ? Nous avons un problème de temps évident ici. Je ne sais pas quand j'étais censée être transférée aux autres gars, mais ils sont toujours après moi – ce qui est une pensée cauchemardesque. (Elle branla du chef et le serra plus fort.) Mais s'ils avaient un quota à honorer ? Peut-être qu'ils déplacent toutes les femmes en même temps ?

D'un geste de la tête, Logan les rapprocha de Harrison et Colin.

Harrison échangea un regard avec Logan, puis se concentra sur Colin.

— Tu as envie de parler, maintenant ?

— Va te faire foutre.

Harrison tendit une nouvelle fois la main vers l'avant. Avant même qu'il n'établisse le contact, Colin hurla de nouveau à pleins poumons :

— Ne me faites pas de mal. Ne me faites pas de mal.

— Alors, parle, ordonna Harrison. Je me fiche de devoir t'arracher chaque partie de ton corps, une à la fois. Je n'ai absolument aucune patience avec les violeurs et les meurtriers, ou les trafiquants d'enfants et de femmes. Tu es une ordure. Et une fois que tu seras en prison, j'ai des relations internes qui s'assureront que tout le monde dans cet endroit saura exactement quel genre de merde tu es. Je veillerai à ce que ta vie soit désagréable. Tu passeras le reste de ton existence à genoux dans cette cellule, le cul en l'air. Alors, parle maintenant ou tais-toi à jamais.

Colin gémit.

— Tu ne comprends pas qu'ils vont me tuer ?

Harrison sourit.

— Si tu m'obliges à poser les mains sur toi une fois de plus, je pourrai te tuer moi-même. Et si je ne le fais pas, je peux te garantir que l'un des détenus s'en chargera, mais seulement après que tu auras été la petite amie de tout le monde pendant un certain temps.

Il n'était pas facile pour Alina de regarder Harrison. D'un autre côté, si un homme méritait d'être terrorisé, c'était bien celui-là. C'était le connard qui l'avait droguée et battue, elle et je ne sais combien d'autres filles. Elle s'avança et dit :

— Tous ces sacs appartiennent à des femmes. Combien y en a-t-il d'autres ?

Il lui jeta un regard noir.

— Je ne parle pas aux salopes.

Harrison s'avança.

— Non ! cria Colin.

Harrison se redressa et lança à Colin un regard dur.

— Réponds à la dame.

— Je n'en ai aucune idée, éluda-t-il en secouant la tête. Je fais ça depuis longtemps.

— Combien de temps ? s'emporta Alina. Et combien en as-tu enlevé rien que dans mon hôpital ?

Il lui jeta un regard noir.

— C'était l'un des endroits où nous trouvions des femmes.

Logan s'approcha et se plaça de l'autre côté d'Alina.

— Où les emmenez-vous ? Ces filles sont-elles vivantes ? (Il désigna les sacs à main alignés.) Ont-elles été emmenées hors du territoire américain ?

Il branla du chef et répondit :

— L'échange a lieu dans deux jours. (Il gémit.) Si je dis quoi que ce soit de plus, je suis foutu.

— Tu es foutu de toute façon, s'énerva Harrison. Parle.

— Et pendant que tu y es, explique-nous pourquoi tu as tous ces sacs à main.

Colin jeta un regard noir et se pinça les lèvres.

Harrison fit un pas en avant.

— Laissez-moi tranquille, s'écria Colin.

Il fixa Harrison pendant un long moment, mais, comme s'il ne voyait aucun signe de faiblesse chez l'homme qui se trouvait devant lui, ses épaules s'affaissèrent.

— Ah, bon sang ! (Colin dévisagea les gars, puis secoua la tête.) Je ne devais pas les conserver. Ils sont comme mes trophées – de ce que j'ai fait. J'ai pu garder l'argent, mais j'ai dû remettre les cartes de crédit. Je devais me débarrasser du reste…

— Eh bien, je suis content que tu te sois abstenu, indiqua Logan calmement. Cela prouve ton implication dans la disparition de toutes ces femmes.

— Uniquement celles-là, protesta Colin. Je n'ai rien à voir avec les autres. Je n'étais pas l'organisateur. Je recevais des ordres.

Le téléphone de l'appartement sonna trois fois et s'arrêta.

— Si vous ne me laissez pas répondre, vous le paierez, avertit Colin en regardant le téléphone avec crainte. Ce ne sont pas des gens avec qui il faut jouer.

Logan et Harrison hochèrent la tête. Devant l'expression confuse d'Alina, Logan expliqua :

— Il va révéler sa situation actuelle.

— Quelqu'un a appelé ce matin, déclara Alina calmement. Je ne suis même pas sûre qu'il y ait eu quelqu'un au bout du fil. Il pourrait s'agir d'un appel de contrôle. En plus, ça n'a pas de sens d'avoir une ligne fixe et un portable si une seule personne vit ici.

— Ce n'est pas vrai, contesta Colin. Beaucoup de gens ont les deux.

— La seule raison d'avoir les deux, rétorqua-t-elle, c'est si vous souhaitez que certaines personnes utilisent le téléphone fixe et d'autres le portable.

Logan décrocha le téléphone fixe, vérifia le dernier numéro, le nota, puis s'éloigna de quelques pas.

Elle l'entendit contacter quelqu'un.

— Si tu ne voulais pas que quelqu'un sache qui tu es, dit-elle à Colin, idiot, tu aurais dû avoir un de ces anciens téléphones à cadran, pas un numérique qui permet de lire le numéro.

Il la fixa, mais ne prononça rien. Logan revint quelques instants plus tard en mettant son portable dans sa poche.

— Où sont les femmes ?

Colin sourit et déclara :

— Tu peux me battre, mais je ne suis pas en mesure de te donner des informations que je n'ai pas. Je rencontre quelqu'un au centre commercial, et c'est tout. Nous procédons aux échanges dans le parking entre mon véhicule et le sien. Les premières femmes sont perdues. Certaines ont été prises il y a des années. Je ne suis pas le seul collectionneur. C'est un système qui s'étend d'un bout à l'autre du pays. Je suis seulement responsable de mon secteur. Je n'allais pas rester ici, mais nous avons perdu quelqu'un il y a quelque temps et nous testons maintenant un nouveau gars. Ils m'ont dit que lorsque je serais à court de prospects, ils me déplaceraient dans une autre région.

Harrison ricana.

— Un centre commercial ? C'est peu probable. Il est impossible de sortir quelqu'un comme Alina de son véhicule, puis de la faire entrer dans le parking public d'un centre commercial sans éveiller les soupçons. Et si elle est inconsciente et que vous la portez, c'est encore plus compliqué.

Elle y réfléchit.

— Il a une très grosse valise dans la chambre, indiqua-t-elle à voix basse. Y a-t-il une chance qu'il l'ait utilisée pour convoyer les filles ?

Logan se tourna vers elle.

— Montre-moi.

Elle l'accompagna jusqu'à la chambre.

— Je n'y ai pensé que maintenant, quand vous parliez de transporter les femmes. Parce que Harrison a raison. Elles n'y seraient jamais allées de leur plein gré.

En effet, un grand bagage noir à roulettes se trouvait dans le placard. Logan le posa et l'ouvrit rapidement. Il fronça les sourcils.

— Il n'y a pas beaucoup de place là-dedans.

— Je pourrais essayer d'entrer dedans, proposa-t-elle.

Il secoua la tête.

— Non, parce que tu laisserais une trace d'ADN. S'il a placé des femmes là-dedans, nous le découvrirons d'une autre manière. La valise vient avec nous.

Il prit quelques photos de l'intérieur et de l'extérieur.

Elle se plaça à côté et suggéra :

— Si tu la fermes, je peux m'allonger dessus. Et me recroqueviller.

Comme test rudimentaire, ce n'était pas une mauvaise idée. Il la ferma, et elle se pelotonna sur le métal dur. Elle arriverait à y entrer sans trop de problèmes. Il prit quelques photos avec elle sur le dessus du bagage. En se levant, elle lança :

— Cela réduit certainement le nombre de filles qu'il choisit.

— Il cherche donc des femmes de petite taille.

Logan acquiesça et porta la valise jusqu'au hall d'entrée. Alors qu'ils retournaient dans la cuisine, des sirènes devinrent audibles.

Elle s'approcha de la fenêtre et vit deux voitures de police et une ambulance s'arrêter devant l'appartement. Elle considéra Logan et Harrison.

— Vous les avez appelés ?

Les deux secouèrent la tête et rejoignirent Alina à la fenêtre. Logan baissa la voix et dit :

— Levi l'aurait fait.

Il jeta un coup d'œil à Harrison.

— Nous n'avons pas encore toutes les informations.

Harrison acquiesça.

— Après cela, nous n'aurons plus d'accès.

Il se précipita vers Colin.

— Combien de femmes ont été enlevées à l'heure actuelle ?

Colin haussa les épaules.

— Alina était la quatrième. Elle serait partie dans les deux prochains jours. J'attendais des instructions. (Il ricana.) Mais vous ne les trouverez pas. Nous ne pouvions pas agir depuis toujours sans une aide intérieure.

— Des flics ?

— Tu pourrais nous révéler leurs noms, suggéra Alina à voix basse. Tu ne sortiras jamais de prison. Pourquoi ne pas faire tomber les flics aussi ?

Colin pivota pour regarder par la fenêtre, un peu désespéré.

— Deux condés. Mais je ne sais pas qui. Je ne les ai jamais vus ni rencontrés. Cette connexion se fait bien au-dessus de moi.

— Pas exactement, rétorqua Logan. Nous avons son livre de comptes, que je vais finir de photographier tout de suite.

Il entra dans la chambre, ouvrit le petit carnet avec les montants et les prénoms, puis prit rapidement des photos de l'ensemble.

— Nous allons accéder aux caméras de l'immeuble, voir s'il y a un parking souterrain surveillé et découvrir combien de fois il a fait entrer et sortir la valise d'ici.

— Quelle horrible idée, intervint Alina.

— Allons rencontrer les habitants, proposa Harrison alors qu'ils pénétraient tous dans la pièce principale.

Elle fixa la valise près de la porte et se tourna vers Colin.

— C'est comme ça que tu m'as fait entrer dans l'appartement ?

Il la dévisagea.

— J'ai raison, n'est-ce pas ? (Elle observa le bagage avec dégoût.) Je suppose qu'on peut déjà remonter jusqu'à moi, dit-elle à Logan.

Ce dernier acquiesça.

— C'est très probable. J'ai vu du sang à l'intérieur, ce qui facilitera aussi l'identification.

Elle sentit les couleurs de son visage s'effacer à ce son.

Elle pivota, sachant que le temps était compté.

— As-tu tué l'une de ces femmes ? (Elle colla son visage au sien et s'écria :) Réponds !

Il secoua la tête.

— Je n'ai tué personne, protesta-t-il. Mon patron voulait ces femmes. C'était mon boulot de les récupérer, puis de les transférer.

— C'était quoi toutes ces conneries sur le fait que tu voulais d'abord quelque chose de moi ?

— Je n'ai pas le droit de te violer, rétorqua-t-il. Les biens endommagés ne valent pas autant. Mais si tu étais consentante, alors j'y étais autorisé.

Elle porta la main à sa bouche.

— Donc ces femmes ont couché avec toi, pensant que cela leur permettrait de sortir d'ici et que tu les traiterais mieux ? Au lieu de cela, tu les as utilisées et tu les as livrées, n'est-ce pas ?

Mais il laissa tomber son regard sur le sol.

Harrison ouvrit la porte d'entrée lorsqu'on y frappa, et la police pénétra dans l'appartement. Logan, Harrison et Alina expliquèrent ce qui se passait. Il ne fallut pas longtemps aux flics pour comprendre qui était le criminel.

Logan se retourna et déclara :

— Nous avons trouvé Alina ligotée dans la chambre.

Toute l'attention se porta alors sur elle.

Elle essaya de sourire, mais fut soudain intimidée par le nombre d'hommes qui se pressaient autour d'elle. Elle serra ses bras contre sa poitrine et dit :

— Je vais bien. Mis à part le fait qu'il m'a attachée pendant quelques jours et qu'il m'a battue autant qu'il en avait envie, je ne pense pas avoir d'os cassés ou quoi que ce soit d'autre. Je n'ai pas besoin de soins médicaux.

— Ce n'est pas tout à fait vrai, intervint Logan. Elle a été droguée, et nous ignorons ce qui lui a été administré, mais son bras est gonflé et à vif.

Il souleva la manche de son t-shirt pour que les policiers puissent voir son bras.

Les ambulanciers qui se trouvaient dans le couloir entrèrent. Elle fut conduite dans le salon où on l'examina rapidement.

— Je crois toujours que vous devriez aller à l'hôpital, annonça l'un des ambulanciers. Ce bras n'a pas l'air en bon état.

— C'est comme ça depuis quelques jours, avoua-t-elle. Ça commence à aller mieux.

— Et pourtant, tu l'as remarqué malgré tout ce qui se passe à côté, souligna Logan.

Ils regardèrent les lacérations sur ses chevilles et ses poignets, et le brancardier ajouta :

— Vous devriez vous y rendre pour que nous puissions prendre des photos afin de documenter tout cela aussi.

Elle se mordit la lèvre inférieure, ne voulant absolument pas y aller. Pourtant, elle était infirmière et elle n'avait aucune raison de ne pas faire confiance à l'hôpital. Mais elle ne connaissait pas ces gars, et, pour l'instant, suivre n'importe qui n'importe où n'était pas une bonne idée.

Logan s'avança devant elle.

— Pars avec eux. Il est important qu'ils prélèvent toutes les traces qu'ils peuvent sur ton corps, et tu devrais faire un dépistage. Tu ne peux pas te fier à ce connard pour affirmer qu'il ne t'a pas touchée. Tu as été droguée et inconsciente pendant un certain temps.

Elle le dévisagea, la peur dans les yeux, et frissonna.

Il frotta ses mains le long de ses bras et la serra un peu.

— Je ne voulais pas être aussi dur. Mais les faits sont les faits. Tant que nous ne les connaîtrons pas, nous n'aurons pas les bonnes réponses.

Ses yeux se remplirent de larmes tandis qu'elle le fixait. Elle essaya de hocher la tête, mais au lieu de cela, elle se mit à trembler.

Il jeta un coup d'œil aux deux ambulanciers.

— Donnez-nous une minute.

Ils reculèrent, puis il la prit dans ses bras et la serra contre lui.

— Je sais que tu es terrifiée, lui murmura-t-il à l'oreille. Mais ça n'arrivera plus.

Elle respira profondément, ce qui lui rappela à quel point son corps était douloureux, et, avec un visage courageux, elle dit :

— Ça va aller.

Avec les ambulanciers à ses côtés et Logan derrière elle, elle se laissa conduire en bas, jusqu'à l'ambulance. Elle était reconnaissante du fait qu'aucune civière n'ait été apportée. Être de nouveau attachée était la dernière chose qu'elle voulait. Elle s'assit dans le véhicule, attendit qu'un des policiers y monte, puis elle fixa Logan.

— Tu me contactes et tu me tiens au courant de ce qui se passe.

Il sortit une carte qu'il glissa dans son sac à main, qu'elle avait déjà oublié et qu'il lui tendit. Elle l'attrapa avec gratitude.

— Ton téléphone est là-dedans aussi. Si tu t'inquiètes à l'hôpital, appelle-moi.

Elle serra le sac contre sa poitrine et acquiesça. La porte se referma devant elle, et elle tenta de se calmer, sachant qu'un processus très désagréable allait bientôt commencer.

LOGAN DÉTESTAIT QUITTER Alina, voyant l'air perdu sur son visage. Si elle avait été heureuse de partir, cela aurait été une autre histoire. Il ne parvenait pas à imaginer un kit de viol autrement qu'agressif. Mais il ne savait pas ce qui lui était arrivé pendant qu'elle était ici. Cet endroit serait également passé au peigne fin, y compris le lit. Ils devraient y chercher des fluides corporels aussi. Elle était habillée quand on l'avait trouvée, mais cela ne donnait aucun indice quant à un viol éventuel. Il revint rapidement sur ses pas jusqu'à l'appartement. Dans l'ascenseur, il appela Levi et lui demanda :

— Quelle excuse as-tu donnée à la police pour notre effraction ?

— Vous pouviez l'entendre appeler à l'aide.

— C'est suffisant.

Il raccrocha et se rendit compte que ce n'était rien d'autre que la vérité. Il ne l'avait peut-être pas distinguée clairement sur le plan physique, mais son intuition l'avait certainement entendue. Il était bien content d'être entré. Qui savait où Alina aurait fini s'ils n'étaient pas arrivés à ce moment-là ?

Un chaos organisé s'ensuivit dans le logement. Colin fut conduit à l'extérieur, menottes aux poignets. Harrison se tenait à l'écart dans le couloir de l'immeuble. Il adressa un signe de tête à Logan lorsqu'il revint et dit :

— Ils veulent une déclaration de notre part, et ensuite nous serons libres de partir.

— C'est normal. On peut le faire ici ou on doit aller au commissariat ?

L'un des inspecteurs intervint :

— Nous pouvons parler tout de suite si vous le souhaitez. Nous avons déjà discuté avec votre patron.

— Parfait. Merci.

— Il nous a tout expliqué sur la raison pour laquelle vous êtes venus ici.

Le détective sortit une carte de la poche de sa chemise et la leur tendit.

— Je suis James Easterly. Si vous trouvez quelque chose de nouveau pendant que vous travaillez sur votre propre affaire et que cela a un rapport avec la situation d'Alina, j'apprécierais que vous m'appeliez. Notre budget est très serré, et nos agents sont surchargés de boulot. Je ne suis pas contre l'idée d'accepter de l'aide si elle se présente.

Surpris par l'attitude de l'homme, mais heureux de l'entendre, Logan accepta la carte.

— Dans ce cas, finissons-en avec cette histoire. Nous avons encore beaucoup de travail de notre côté. (Il attendit un moment, puis ajouta :) Au fait, Jackson vous passe le bonjour.

Easterly eut un sursaut de surprise, puis ses yeux s'illuminèrent.

— C'est une bonne nouvelle. Je suis heureux qu'il vous ait demandé de venir.

Il fallut environ une heure pour faire le tour complet des informations, tandis que les détectives enregistraient la déposition. Logan aurait aimé en avoir une copie. Mais il n'avait pas menti, et, si Alina allait s'en sortir désormais, tout était entre les mains de la police de Boston.

Lorsqu'ils prirent congé et montèrent dans leur voiture de location, Harrison déclara :

— Ce n'est pas une bonne idée de se séparer ou d'aller seuls aux autres adresses.

Logan éclata de rire.

— Nous avons accompli beaucoup de missions, mais nous n'avons jamais rencontré quelque chose comme ça. Nous devons maintenant nous concentrer sur la recherche des trois autres femmes avant qu'elles ne quittent le pays.

Les forces de l'ordre restèrent dans les parages, devant l'appartement, Colin à leurs côtés.

Un bruit sec retentit alors qu'ils observaient une traînée rouge traverser la tête de Colin, qui s'effondra dans la rue.

— Oh, merde !

Logan détacha sa ceinture de sécurité, ouvrit la portière du véhicule et se précipita vers l'endroit où se trouvait le cercle d'hommes. Ils étaient dispersés, accroupis sur le sol, les armes à la main. Logan resta derrière les véhicules de patrouille jusqu'à ce qu'il arrive sur le côté. Ils patientèrent tous. Mais il n'y eut pas de deuxième coup de feu. Le tireur avait fait exactement ce qu'il avait prévu – et il était parti.

Chapitre 4

ALINA ÉTAIT INSTALLÉE dans une petite chambre d'hôpital où elle attendait que quelqu'un la voie. Lorsque l'infirmière arriva, elle dit :

— Nous attendons que le détective vienne prendre des photos des preuves. Veuillez vous déshabiller et mettre cette chemise d'hôpital.

Et c'est là que tout commença. Quelle horreur de devoir subir une telle épreuve pour déterminer si elle avait été agressée alors qu'elle était inconsciente. Voulait-elle vraiment savoir ? Puis elle décida que oui. L'ignorance était une bénédiction à bien des égards, mais cela la hanterait à jamais si elle ne le découvrait pas.

Elle se déshabilla, plia ses vêtements, les posa sur le côté du petit lit et enfila sa blouse d'hôpital. Frigorifiée, elle s'assit dans le lit et tira les couvertures sur elle. Se voir nue lui avait ouvert les yeux.

Ses mains, ses poignets et ses chevilles étaient irrités, endoloris, ensanglantés et couverts de cicatrices – et déjà colorés à cause de l'immobilisation. Elle ignorait même combien de temps elle avait été inconsciente.

Une éternité s'écoula avant qu'une femme détective n'entre en scène. Elle sourit gentiment en expliquant qu'elle allait prendre des photos. Ce n'était pas elle qui procéderait à l'examen – ce serait une infirmière ou un médecin –, mais

Alina devait rester allongée pendant qu'on photographiait ses blessures. C'est à ce moment-là qu'elle réalisa qu'il y en avait plus qu'elle ne le pensait. Notamment des ecchymoses autour de son cou.

Lorsqu'on lui demanda de se retourner pour montrer son dos, Alina interrogea la femme :

— Ça a l'air si grave que ça ?

— C'est grave, mais j'ai vu bien pire, murmura la policière. Espérons qu'il ne vous ait pas violée en même temps.

Quand elle eut fini, elle laissa sa carte.

— Si vous avez besoin de quoi que ce soit, appelez-moi.

Même si c'était une platitude, c'était toujours agréable à entendre. Après ce qui s'était passé, cela l'amena à réévaluer son opinion sur la nature humaine.

L'infirmière arriva avec un paquet. Elle lui expliqua calmement qu'il s'agissait d'un kit de viol. Et, bien que le processus soit susceptible d'être inconfortable, il était nécessaire. Il serait effectué aussi rapidement que possible. En tant qu'infirmière, Alina avait vu ces kits, mais n'en avait jamais utilisé.

Elle se rendait chez son médecin pour ses consultations annuelles régulières, de sorte que l'examen interne était une chose à laquelle elle était habituée. Une fois le contrôle terminé, elle resta allongée un long moment et demanda :

— Puis-je partir maintenant ?

L'infirmière la regarda avec surprise.

— Le médecin ne vous a pas encore vue.

— Oh ! souffla-t-elle.

Pour ce qu'elle en savait, cela pouvait encore durer plusieurs heures.

— Combien de temps avant que je ne reçoive les résultats du kit de viol ?

— Un jour ou deux si j'arrive à me dépêcher. Sinon, cela risque de prendre des plombes.

Pendant qu'elle était allongée, elle se demanda comment elle allait bien pouvoir rentrer chez elle, si son véhicule avait été remorqué ou s'il était encore sur son lieu de travail.

Elle devait également contacter sa responsable. Elle n'était pas sûre de la date à laquelle ils l'attendaient, car elle ignorait quel jour on était. Sa mémoire semblait avoir été saccagée. Elle sortit son téléphone et appela sa supérieure. Lorsque Selena répondit, Alina expliqua ce qui s'était passé. Entre les cris de détresse de la femme, Alina obtint les réponses dont elle avait besoin. Mais elle n'était pas autorisée à retourner au travail.

— Non, non, non.

En général, Selena était juste, mais pouvait être un peu dure. Mais à cet instant, elle était toute douce.

— Tu devrais prendre quelques jours de congé. Je ne sais pas non plus où se trouve ta voiture. Je vais appeler la sécurité et voir si elle est toujours dans le parking.

Une pause s'ensuivit pendant qu'elle prenait des notes. Après avoir retranscrit la plaque minéralogique d'Alina, Selena dit :

— Je te rappelle tout de suite. Tu es sûre que ça va aller ?

— Je vais bien. Je suis à l'hôpital en ce moment, j'attends que le médecin me reçoive.

— Je t'ai mis quatre jours de congé, à partir d'aujourd'hui. Appelle-moi si tu as besoin de plus de temps.

Puis elle raccrocha.

— Eh bien, quatre jours de congé maintenant, ça me fera du bien, murmura-t-elle à la pièce vide.

Mais ce n'étaient pas des vacances, donc elle aurait préféré travailler.

Selena téléphona quelques instants plus tard.

— J'ai transmis ton numéro d'immatriculation à la sécurité. Ils recherchent ton véhicule. Prends soin de toi.

Elle mit fin à la communication.

Pendant qu'Alina attendait que la sécurité la contacte, le médecin entra. Il la considéra et déclara :

— J'ai entendu dire que vous aviez traversé une sale épreuve, jeune fille.

La figure paternelle et la douceur de son ton firent monter les larmes aux yeux de la jeune femme.

Il s'approcha d'elle et lui tapota doucement la main.

— Vous allez vous sentir comme ça pendant un certain temps. Vous devrez vous ménager et vous accorder un peu de repos. Il est difficile de se remettre d'un choc ou d'un traumatisme. Il n'y a pas vraiment de moyens de se faciliter la tâche. Mais vous devez vous y résoudre si vous voulez vous estimer de nouveau en sécurité.

Elle le regarda fixement.

— Comment fait-on ? Quand je me sentirai mieux, je retournerai au travail – là où j'ai été kidnappée. Je ne me souviens même pas des heures qui ont précédé l'événement. Je me suis réveillée, attachée dans un appartement inconnu.

Il acquiesça.

— Certaines personnes ne parviennent jamais à se détendre dans le même environnement. Si c'est là que vous avez été enlevée, c'est assez logique. Cependant, comme vous avez été kidnappée au travail, il serait utile que vous soyez en mesure de reconstituer les heures qui ont précédé votre enlèvement. (Il secoua la tête.) Le traumatisme provoque souvent des pertes de mémoire à court terme, mais ces souvenirs reviendront. Avez-vous quelqu'un chez qui vous pouvez rester ?

Elle branla du chef.

— Non, pas vraiment.

— Il serait bon pour vous de ne pas être seule. Surtout au début. Attendez-vous à des cauchemars et à un sentiment général d'insécurité.

Elle acquiesça, mais elle n'avait aucune idée de qui elle devait contacter. Ce n'était pas comme si elle avait beaucoup d'amis dans sa vie. Elle avait surtout des collègues de travail. Elle n'avait pas de petit ami, et ce depuis longtemps. Et, même si elle voulait rentrer chez elle, elle n'avait pas non plus envie d'y être isolée. Il avait raison, cela prendrait du temps.

Il lui fit subir un examen physique approfondi et lui annonça :

— Je vais solliciter des analyses de sang pour déterminer quelle drogue ils vous ont administrée.

Il observa le point d'injection.

— Si vous n'avez pas d'autres symptômes, il s'agit probablement d'une réaction allergique. Je vais demander à l'infirmière de bien nettoyer le point d'injection, ainsi que vos poignets et toutes les autres lacérations, et de les recouvrir d'une pommade.

Il écrivit ses notes sur sa tablette et ajouta :

— Après cela, vous devriez pouvoir partir.

Alors qu'il s'apprêtait à s'en aller, il s'arrêta et la considéra.

— Avez-vous un moyen de rentrer chez vous ?

Elle secoua la tête.

— Je viens de Somerville. La sécurité de l'hôpital est en train de vérifier si ma voiture est toujours là-bas.

Il la regarda et l'interrogea :

— Vous travaillez dans un hôpital ?

Elle sourit.

— Je suis infirmière.

Il acquiesça.

— Alors, je n'ai pas à m'inquiéter que vous preniez soin de vous parce que vous savez à quel point c'est important.

Pourtant, derrière ses mots se cachait une question.

Avec un signe de tête, elle répondit :

— Je promets de prendre soin de moi.

— C'est bon à entendre. Vous avez reçu une énorme seconde chance dans la vie. Je n'ose imaginer ce qui se serait produit si vous n'aviez pas été secourue. Vous avez un ange gardien.

Elle afficha un rictus.

— Oui, il sera toujours un héros pour moi.

Le médecin disparut, et l'infirmière revint. Comme Alina l'avait fait à maintes reprises, l'infirmière lui lava les poignets, le dos, le cou ainsi que toutes ses ecchymoses et lacérations. Quand elle eut fini, elle lui dit :

— Vous pouvez vous habiller maintenant.

En sortant, l'infirmière plaisanta :

— Et je me dépêcherais si j'étais vous, car un homme est venu vous chercher, et il est… (Sa voix tomba à un murmure bas.) Magnifique.

La réaction instinctive d'Alina fut la peur.

— Personne n'est venu me chercher.

Elle se sentit trembler en elle. Elle attrapa son pantalon et le reste de ses vêtements et se vêtit rapidement.

Lorsqu'elle mit ses bottes et se redressa, l'infirmière revint et précisa :

— Il m'a chargée de vous dire qu'il s'appelle Logan.

Instantanément, la frayeur qui l'habitait se dissipa, et elle s'effondra sur le lit.

— C'est l'homme qui m'a sauvée.

L'infirmière se rapprocha.

— Il ressemble à un héros.

Alors qu'Alina sortait pour rejoindre Logan, les mots de la soignante lui revinrent en mémoire. Elle l'aperçut debout, au téléphone, en train de l'attendre, et se rendit compte que l'infirmière avait raison sur un point. Bon sang, il était magnifique. Le fait qu'elle ne l'ait pas remarqué plus tôt en disait long sur sa vie. Elle afficha un sourire sur son visage et s'avança, sentant déjà qu'elle n'était plus aussi seule.

ALORS QUE LOGAN finissait d'appeler Levi, Alina apparut devant lui. Avec un grand rictus sur le visage.

Il lui en adressa un en retour. Comment allait-il expliquer que Colin avait été abattu devant une foule de flics ? Il décida de remettre cela à plus tard. De plus, il ne voulait pas qu'elle soit coincée en ville alors qu'ils pouvaient la conduire chez elle ou sur son lieu de travail pour récupérer sa voiture. Ce n'était pas comme s'ils avaient besoin d'autre chose sur leur liste de tâches, mais peut-être qu'ils arriveraient à obtenir un peu plus d'informations de sa part.

Harrison était sur la même longueur d'onde. Aucun d'entre eux ne souhaitait qu'une femme déjà victime soit abandonnée à son sort, coincée à l'hôpital, avec un trajet en taxi d'une demi-heure pour se rendre à son véhicule.

— Hé, tu as l'air en pleine forme !

Elle renifla.

— En pleine forme ? Je ne pense pas. Mais bon, j'en ai fini ici, et ce sera plus facile d'affronter le reste de ma journée.

Elle prit une grande inspiration et le questionna :

— Des nouvelles des femmes enlevées ?

Il secoua la tête, puis passa un bras autour de ses épaules et demanda :

— Es-tu prête à partir ?

Elle laissa son bras s'enrouler autour de son dos et acquiesça.

— Oui. L'infirmière avait donc raison ? Tu es là pour me ramener à la maison ?

— Oui. Harrison et moi n'étions pas à l'aise à l'idée de te laisser seule ici.

Elle lui serra la taille et lui adressa un sourire.

— Je ne sais pas comment te remercier, avoua-t-elle. Je n'étais pas impatiente de savoir comment rentrer chez moi. J'aurais pu prendre un taxi, mais je me serais inquiétée d'être assise dans le véhicule d'un inconnu, en me demandant où il me conduisait. Je ne connais pas bien cette région… (Elle secoua la tête.) C'est beaucoup plus agréable. J'apprécie vraiment.

Il l'étreignit doucement dans ses bras.

— Viens donc. Harrison attend dehors.

Il jeta un coup d'œil aux coupures et aux ecchymoses sur le visage et le cou de la jeune femme.

— Tu as une ordonnance à récupérer ?

— Non, je ne crois pas. Il ne m'en a pas donné, et l'infirmière a dit que je pouvais y aller.

Il laissa échapper un petit rire.

— Ça signifie que tu penses être en mesure de prendre soin de toi après ça ?

— S'il n'y avait pas eu le kit de viol, je ne serais probablement pas venue du tout, avoua-t-elle. Mais c'était une bonne idée de pratiquer des analyses de sang pour voir quelle drogue il m'a injectée.

La double porte s'ouvrit devant eux, et ils firent deux pas

à l'extérieur. Elle s'arrêta et leva le nez pour humer l'air. Le temps était nuageux, et on sentait qu'il allait pleuvoir d'un moment à l'autre.

— N'oublie pas de profiter de chaque jour qui passe. Il n'y a rien de tel que de survivre à un événement horrible pour se rendre compte à quel point certaines choses sont bonnes dans notre monde.

Il la conduisit vers Harrison, appuyé contre la voiture qui les attendait. Elle sourit et laissa tomber son bras de Logan pour étreindre Harrison.

Il lui rendit son embrassade et déclara :

— Je suis content de te voir en pleine forme. Partons.

Il ouvrit la portière arrière et attendit qu'elle se glisse à l'intérieur. Il la referma et demanda à Logan :

— Tu veux conduire ou que je conduise ?

— Je conduis, dit Logan.

Il ferait mieux de s'occuper l'esprit plutôt que de ressentir la chaleur d'Alina dans ses bras. Il n'était pas sûr de savoir quoi penser du fait qu'elle avait aussi étreint Harrison. Il espérait qu'elle pencherait davantage vers lui. D'un autre côté, il n'était pas à Boston pour très longtemps, et la dernière chose dont elle avait besoin était une relation qui n'allait nulle part. Pour l'instant, elle avait besoin d'un homme qui soit là, en qui elle puisse avoir confiance. Et même dans ce cas, il lui faudrait un certain temps pour en arriver là.

Mais elle était adorable. Et il admirait vraiment son courage. Comment ne pas aimer une femme capable de se relever après ce qu'elle avait vécu et de se battre avec son agresseur ?

Après être monté dans le véhicule et avoir allumé le moteur, il vérifia la circulation sur plusieurs voies. Il se retourna et demanda à Alina :

— Tu as une idée du chemin à suivre pour arriver à destination ?

— Pas la moindre idée, concéda-t-elle. Je vais te donner l'adresse de l'hôpital où je travaille. Ton GPS t'indiquera la route.

Elle énuméra rapidement l'adresse, et Harrison l'entra dans le système de navigation de la voiture. Logan suivit les indications et s'engagea sur l'autoroute principale.

— Ce n'est pas très loin, n'est-ce pas ?

— Mon appartement est plus proche que mon travail, précisa-t-elle. Mais mon véhicule devrait toujours être sur le parking de l'hôpital. J'attends que l'agent de sécurité m'appelle quand il l'aura trouvé.

— C'était judicieux de demander à quelqu'un de vérifier qu'il est toujours là.

— J'ai parlé à ma supérieure. Elle m'a accordé quatre jours de congé pour commencer, avoua-t-elle. Mais je n'arrive pas à décider si je serais mieux au boulot, où au moins j'aurais l'esprit occupé à autre chose, ou si je ne devrais jamais y retourner, parce que je serais toujours en train de regarder par-dessus mon épaule, terrifiée à l'idée d'être de nouveau kidnappée.

— Il y a deux faces à chaque médaille. Il faut être prêt à affronter les gens et les questions, et tous ceux qui sont susceptibles d'être au courant de quelque chose à ce sujet, avec leurs regards indiscrets et leur intrusion. Mais tu ne veux pas non plus rester chez toi à tourner en rond dans tes propres réflexions.

Elle se cala dans son siège et acquiesça :

— C'est vrai.

Elle observa la circulation.

Logan ne la quitta pas des yeux, tout en jetant des coups d'œil dans le rétroviseur et en suivant les indications.

Après un long moment de silence, elle dit :

— Vous savez ? Ce qui s'est passé est grave, mais j'ai presque l'impression que le travail sera un problème plus important. Parce que je ne me souviens de rien d'autre que d'avoir bu une tasse de café avec Colin à la cafétéria. Alors…

Harrison se tourna vers elle.

— Il a probablement drogué ton café. Puis tu t'es certainement levée, tu t'es dirigée vers ta voiture, et il t'a rattrapée au moment où la drogue a fait effet.

Elle fronça les sourcils.

— Mais comment puis-je retourner au boulot en sachant que j'ai été enlevée ? (Elle secoua la tête.) Je ne sais pas si je me sentirai en sécurité chez moi non plus, mais au moins je n'ai pas été kidnappée là-bas.

Logan était à même de comprendre à quel point elle se sentait perdue, mais cela ne changerait rien au fait qu'elle devait s'adapter aux deux.

— Tu es indépendante financièrement ? la questionna-t-il d'une voix calme. Si ce n'est pas le cas, tu dois retourner au travail et affronter ce démon.

— J'y étais disposée, admit-elle. Jusqu'à ce que je parle à ma supérieure, qui m'a dit de prendre un congé. Mais ses mots m'ont frappée de plein fouet, et je ne suis pas sûre de réussir à revenir en arrière. Je ne sais plus où j'en suis. (Sa voix s'assombrit sous l'effet de la douleur.) Mais je ne suis pas indépendante financièrement. Bien que j'aie quelques économies, je n'en ai pas assez pour prendre ma retraite.

Harrison s'esclaffa.

— Logan et moi travaillons encore pour la même raison.

— Et parce que nous aimons ce job, ajouta Logan.

— Avez-vous déjà été attaqués ou kidnappés vous-mêmes ?

— Plusieurs fois, avoua Logan à voix basse. Nous n'avons pas le droit de parler de la plupart de nos années militaires. Mais maintenant, en travaillant pour Legendary Security, nous continuons à effectuer le même genre de travail.

Elle secoua la tête et murmura :

— Je n'arrive pas à imaginer.

— Ce n'est pas quelque chose auquel on s'habitue, mais c'est ce pour quoi nous sommes formés.

— Je suis formée pour sauver des vies, pour aider les gens. Mais quand j'ai vu Harrison s'occuper de Colin… tout ce à quoi j'ai songé, c'est que je souhaitais aussi le frapper.

Elle était assoiffée de sang. Il aimait vraiment ça.

— Il est naturel de vouloir se venger. Mais c'est surtout un déferlement de rage à cause de toute la peur qu'il t'a fait subir. Dans quelques jours, tu seras probablement très reconnaissante de ne pas avoir donné suite à cette première envie.

Il stationna sur le parking de l'hôpital.

— Quel véhicule cherchons-nous ? As-tu eu des nouvelles de l'agent de sécurité ?

— Oh, mon Dieu ! Je ne savais même pas que nous étions déjà là, s'écria-t-elle.

Il la regarda scruter le parking et fronça les sourcils.

— Je ne me souviens plus de l'endroit où je m'étais garée, déplora-t-elle avec désespoir. Comment ça se fait ?

— La perte de mémoire à court terme est extrêmement fréquente après un traumatisme. C'est la façon dont le corps guérit sans ajouter plus de stress à notre système.

— Tu as une place de parking attitrée ici ? demanda

Harrison.

— Ce serait trop facile. (Elle passa ses doigts sur son visage et se frotta les yeux.) J'essaie de me rappeler de quel type de véhicule il s'agit.

— Tu as dû fournir un élément à chercher à l'agent de sécurité, dit Harrison.

Elle s'éclaircit.

— La plaque d'immatriculation.

Et elle s'empressa de la donner.

Harrison la saisit dans l'ordinateur portable qu'ils emportaient toujours avec eux.

— Ton véhicule est une Coccinelle Volkswagen. Noire.

— Oui, c'est ça, confirma-t-elle chaleureusement. Je me le rappelle maintenant.

Chapitre 5

LS FIRENT LE tour du parking, mais il n'y avait aucune trace de son véhicule. Harrison dit :

— Alina, les clés.

Elle les prit dans son sac à main et les lui tendit.

Harrison demanda à Logan :

— Gare-toi, et on va arpenter la zone pour voir ce qu'on arrive à trouver avec son système d'alarme.

— Bonne idée.

Il stationna sur une place de parking réservée aux visiteurs.

En regardant tous les trois, ils s'arrêtèrent stratégiquement à un coin du parking et commencèrent à marcher, tandis que Harrison appuyait sur le bouton pour voir si l'alarme d'un véhicule se déclenchait. Il n'y avait rien à l'avant du parking ni sur le côté. En se dirigeant vers l'arrière, ils trouvèrent une Coccinelle Volkswagen noire isolée. Harrison pressa le bouton, et les lumières clignotèrent. En s'approchant, ils confirmèrent la plaque d'immatriculation.

Harrison lui rendit les clés et lui annonça :

— C'est la tienne.

Elle battit des mains de joie et s'élança. Elle déverrouilla rapidement la voiture et scruta à l'intérieur.

— Elle n'a pas l'air d'être endommagée.

— Tu t'attendais à ce qu'elle le soit ? l'interrogea Logan.

Elle nota le ton étrange de sa voix, mais avec son excitation d'avoir retrouvé ses roues et une partie de sa vie, elle n'y pensa pas. Elle ouvrit le coffre. Il était vide. Elle ignorait s'il était censé l'être ou non. Elle se tourna vers les gars.

— Merci beaucoup. Rien que le fait de récupérer ça, c'est énorme pour moi.

— Tu habites à quelle distance ?

— Seulement quelques kilomètres. Je vais me débrouiller.

Logan s'avança devant le véhicule et l'interpella :

— Tu as oublié quelque chose ?

Elle leva les yeux vers lui.

— Rappelle-toi ce que Colin a dit. Ils savent déjà où tu habites, et ils n'en ont pas fini avec toi.

Elle s'agrippa à la portière ouverte et au toit de la Volkswagen, et le regarda fixement. Toutes les couleurs avaient disparu de son visage.

— Encore ? Je croyais qu'une fois la police impliquée, ce serait sûr.

Elle considéra Harrison. Ils secouèrent tous deux la tête.

— Il n'y a aucun moyen d'en être certain, déclara Logan à voix basse. Je suggère que nous allions voir chez toi si quelqu'un y est allé.

Elle l'observa sans s'étonner. Mais à l'intérieur, elle commençait à trembler. Dans le mauvais sens du terme. Elle se tourna vers l'hôpital.

— Ils savent où je travaille. S'ils savent où je vis, je ne suis en sécurité nulle part.

Logan remarquait qu'elle commençait à s'effondrer. Il se précipita à ses côtés et l'attrapa par la taille pour la serrer contre lui. Comme cela ne fonctionnait pas et qu'elle commençait à tomber, il la souleva et la porta jusqu'à l'autre côté du véhicule.

Logan ouvrit la portière du passager et l'assit sur le siège.

— Tu n'es pas en état de conduire, dit-il d'un ton sec. Laisse-moi t'attacher. Je vais prendre le volant, et Harrison nous suivra. Nous allons nous rendre chez toi pour nous assurer que tout va bien.

— S'assurer de quoi ? pleura-t-elle. S'ils ne sont pas encore venus, cela ne signifie pas qu'ils ne viendront pas dans l'heure ou dans les dix prochaines heures. Tant que ce n'est pas fini, il n'y a aucune chance que je sois en sécurité. Comment puis-je me faire à cette idée ?

En réalité, elle ignorait même si c'était possible.

Logan prit les clés de Harrison, monta dans la voiture et mit le moteur en marche.

— Donne-nous ton adresse.

Elle l'énuméra, mais fixa Logan, presque aveugle.

— Quel est l'intérêt d'y aller ? On pourrait les conduire directement sur place.

— Et ça veut dire que tu penses être surveillée en ce moment même. (Il la dévisagea.) Pas vrai ?

Elle le considéra avec stupeur.

— Oh, mon Dieu ! Je n'en ai pas la moindre idée.

Elle s'enfonça dans son siège jusqu'à ce qu'elle soit cachée sous la vitre.

— Si c'est le cas, il est déjà trop tard. Installe-toi correctement. Nous allons nous rendre chez toi et vérifier.

Il ferma la portière, baissa la vitre et dit à Harrison :

— Mets le GPS.

Harrison acquiesça, monta dans le véhicule et sortit du parking.

Elle le regarda.

— Je peux conduire.

Logan renifla.

— Ma belle, tu ne conduis nulle part.

Elle s'affaissa avec reconnaissance. Elle l'avait suggéré par politesse. Désormais, si seulement les hommes étaient capables de résoudre le reste de ses problèmes. Elle observa par la vitre, sans vraiment voir le paysage qui défilait. Après plusieurs virages, elle reconnut son quartier.

— C'est ici ? demanda Logan en désignant l'immeuble en face d'elle.

Elle acquiesça.

— Oui, c'est chez moi.

Il sortit de la voiture, se rendit à ses côtés et ouvrit la portière. En se levant, elle murmura :

— Je me sens vraiment bien, tu sais.

— C'est bien. Je suis content de l'entendre. Mais cela ne change rien au fait que tu as été retenue captive pendant plusieurs jours. Alors, au lieu de devoir te débrouiller seule, accepte l'aide que tu as.

Il lui tendit la main. Elle y glissa la sienne, beaucoup plus petite, et lui sourit.

— Tu es toujours aussi protecteur ?

Il eut l'air surpris, puis songeur.

— Peut-être ?

Elle rit.

— C'est sans doute pour ça que tu es si doué. Tu n'as pas agi par devoir. (Son sourire s'élargit.) Mais parce que tu as un don naturel pour ça.

Ils se dirigèrent ensemble vers la porte d'entrée. Harrison les rejoignit sur le trottoir. Son regard passa de leurs mains jointes au visage de Logan. Il y avait une lueur d'espoir dans ses yeux lorsqu'il déclara :

— Tu as l'air bien plus en forme.

Elle secoua la tête.

— Il n'y a aucune raison que je ne le sois pas. Je suis loin de l'hôpital.

Il y avait un code pour entrer dans l'immeuble, qu'elle composa, puis elle se dirigea directement vers l'ascenseur.

— Mon appartement est au troisième étage.

Ils prirent l'ascenseur et tournèrent à droite.

— L'immeuble est plus grand que je ne le pensais, dit Logan.

Harrison acquiesça.

— Et il s'étend manifestement un peu plus loin à l'arrière.

Arrivée à l'appartement, elle hésita à insérer la clé dans la serrure. Logan s'avança et la plaça dos à Harrison. Soulagée, elle le laissa ouvrir la porte.

Alors qu'elle s'apprêtait à le suivre, Harrison lui attrapa le bras et murmura :

— Attends.

Elle vit le regard dur sur son visage et sentit son cœur chuter. Elle priait pour que l'appartement soit vide.

Logan réapparut à la porte.

— R.A.S.

Elle expira.

— Dieu merci, susurra-t-elle. Je n'ai pas envie de penser à une attaque ici. Reste-t-il des endroits sûrs ?

— J'en doute. Ils ont payé pour toi et ont toutes tes coordonnées. Dans leur esprit, il s'agit d'un vol facile. Il se charge de trouver les femmes qui correspondent à ce qu'ils recherchent, il les attrape, organise une rencontre, assure la livraison, et il est libre. Mais en ce qui te concerne, il n'a pas livré, donc ils ont la prérogative d'aller en quête de leur dû.

Elle secoua la tête.

— Vous vivez dans un monde obscur.

Logan tourna sur ses talons pour la regarder.

— Et maintenant, toi aussi.

Elle le fixa, toutes les couleurs disparaissant de son visage. Elle se rendit compte que c'était la réalité à laquelle elle était confrontée. Si ces hommes avaient raison, elle allait probablement être chassée. Elle ne l'avait pas vu venir la première fois, comment allait-elle le voir la seconde fois ?

LOGAN NE VOULAIT pas qu'elle soit terrifiée, mais il souhaitait qu'elle soit sur ses gardes. Elle n'était pas encore en mesure d'avoir les idées claires. Elle avait été captive, libérée, contrôlée, et devait maintenant affronter l'énormité du fait que ce n'était pas nécessairement fini.

Il avait besoin qu'elle reçoive ce message. Fort et clair. Et en même temps, qu'elle ne soit pas paralysée par celui-ci, parce que c'était la pire chose qu'une victime puisse faire. Il fouilla l'appartement et n'aima pas grand-chose. Il n'y avait qu'une serrure standard sur la porte qu'il était capable de forcer en quelques secondes, et, bien que ce soit au troisième étage, il y avait un escalier de secours vers le logement voisin, assez facile à escalader pour se rendre à la fenêtre, qui n'avait pas non plus d'alarme, entrer et ressortir.

L'alarme de la porte d'entrée ne posait littéralement aucun problème. En réalité, elle pouvait être désactivée en quelques coups de ciseaux. Il s'agissait d'une habitation de niveau moyen à revenu modéré. Il y avait probablement une centaine de personnes ici, toutes occupées à vaquer à leurs occupations, sans remarquer ce qui se passait réellement dans le monde plus vaste qui les entourait. Il passa la porte et constata que la fenêtre de la chambre était munie d'une moustiquaire et qu'elle était entrouverte. Il observa dehors, reconnaissant de voir la chute de trois étages.

Il n'y avait qu'une seule chambre. Le salon disposait d'un petit balcon qu'il avait vu plus tôt. Là encore, ce n'était pas un problème. Il pouvait facilement installer une planche de deux mètres entre les balcons des logements et faire cette traversée sans souci. Les gens n'y pensaient jamais, mais avec du temps et des efforts, il était sacrément facile de traverser n'importe lequel d'entre eux. Il se retourna, étudia le petit appartement, jeta un coup d'œil à Harrison et leva un sourcil.

Harrison haussa les épaules.

— Je ne peux pas prétendre que j'aime ça, mais qu'est-ce que tu veux y faire ?

Et c'était là que résidait le problème. Ils étaient ici pour le travail. Les raisons personnelles qui les avaient poussés à venir avaient déjà été jetées par la fenêtre. Il n'y a rien de tel que la découverte d'un réseau de trafiquants et la libération d'une femme pour bouleverser vos plans.

Mais il y avait encore trois autres adresses à vérifier. Et maintenant, autant de femmes à secourir, et vite.

À voix basse, il dit :

— Je ne peux pas, en toute conscience, la laisser seule ici.

Harrison grimaça.

— Je te comprends, mon pote. J'espère que tu as une bonne idée, car nous aurons besoin d'une explication pour Levi.

Puis il réfléchit à l'état intérieur de Levi et à ce qu'il éprouvait pour Ice.

— Tu sais, je pense qu'il serait capable de comprendre. C'est simplement que je ne suis pas sûr de savoir comment procéder. On peut difficilement la ramener à la maison avec nous.

Le simple fait d'ajouter cette dernière phrase l'incita à sourire.

— Même si je crois qu'elle se fondrait parfaitement dans la masse.

Harrison gloussa.

— Dans ce cas, Levi serait vraiment furieux. Ce n'est pas comme si nous dirigions un refuge.

— Ça ne serait pas mal.

Harrison roula des yeux et se retourna, puis erra dans le petit appartement. Alina était aux toilettes. Elle ne devrait pas tarder à en sortir. Ils avaient besoin qu'elle soit là pour discuter de la suite avec elle.

— Nous devrions appeler Levi.

Harrison lui jeta un coup d'œil.

— C'est une bonne idée. Tu t'en occupes.

Logan fronça les sourcils.

— Tu l'appelles.

Harrison sourit.

— Pas question, mec. C'est ton affaire.

— Qu'est-ce que tu veux dire par là ?

Logan fixa son ami.

Harrison se contenta de rouler des yeux de nouveau.

— Tu as très bien compris.

Logan secoua la tête.

— Je ne comprends rien du tout.

— Évidemment, rétorqua Harrison.

La porte de la salle de bain s'ouvrit à ce moment-là, et Alina sortit de la pièce. Elle sourit aux deux hommes.

— Puis-je vous offrir un café ou un morceau à manger avant que vous ne partiez ?

Logan l'étudia, sourit, et une voix douce s'installa au

fond de lui. Une certaine vérité.

— Nous ne partons pas.

Harrison gloussa.

Alina les observa tous les deux, choquée.

— Qu'est-ce que vous racontez ? Vous avez un travail à accomplir, et je n'en suis certainement pas.

Elle se passa la main sur le côté de la tempe et ajouta :

— Je ne peux pas prétendre que je me sente prête à recevoir. J'aimerais aller me coucher, avoua-t-elle, les yeux tournés vers sa chambre.

Et c'était exactement ce qu'elle devait faire. Logan lui fit signe d'entrer dans sa chambre.

— Va te coucher. Nous monterons la garde.

Elle se balança sur ses pieds, mais malgré tout, même si son corps réclamait un temps de repos, son esprit était aux prises avec l'idée de dormir avec des étrangers dans la maison.

Logan la prit doucement dans ses bras et la serra rapidement contre lui. Il lui chuchota contre l'oreille :

— Accepte l'offre, va te coucher. Nous te promettons que lorsque tu te réveilleras, tu seras toujours là.

Elle lui jeta un regard reconnaissant, et il réalisa qu'il avait vu juste. Il baissa la tête, déposa un baiser sur sa tempe et déclara :

— Vas-y.

Elle lui lança un œil mécontent et rétorqua :

— Qui a dit que tu avais le droit de m'embrasser et de me donner des ordres en même temps ?

Il avait conscience qu'elle ne pensait pas ses paroles. C'était un signe de la fatigue qui la rongeait. Il la poussa doucement en direction de la chambre à coucher.

— Et si tu as besoin d'aide pour te mettre au lit, dis-le-moi.

Elle lui jeta un regard, entra dans sa chambre et claqua la porte.

Logan s'esclaffa.

— Je suppose que c'était un non ?

Il pivota vers Harrison et vit un sourire mauvais sur son visage.

— Et un autre est tombé.

La compréhension effaça le rictus de Logan.

— Bien sûr que non. Je suis un gentil garçon.

Harrison arqua un sourcil, mais son sourire s'élargit.

— Gentil ? En la serrant dans tes bras et en l'embrassant ? En la taquinant, en flirtant avec elle ? Oui, c'est bien plus que ça.

— Bien sûr que je la traite gentiment. Je te maudis d'être dans ce foutu complexe. Cette mentalité s'est déjà incrustée en toi. Tout le monde ne veut pas se mettre en couple, tu sais.

Harrison opina lentement du chef, avec sagacité.

— Bien sûr que non. C'est simplement le fait que nous ayons déjà, quoi ? Cinq couples maintenant ?

Il secoua la tête.

— C'est une bonne chose que je travaille surtout à l'extérieur. Sinon, le mal risquerait de m'atteindre aussi.

— Si tu imagines qu'il me mord, je veillerai à ce qu'il t'attrape.

Logan branla du chef.

— Conversation stupide. Qu'est-ce qu'on va faire de cet endroit, et comment effectuer notre boulot à partir d'ici ?

— Je vais chercher nos sacs et notre ordinateur portable. L'hôtel est prépayé, on n'y peut rien.

— Levi se fichera de ce coût mineur. Il sera plus contrarié si on ne vérifie pas ces adresses.

Logan se tourna vers la chambre, puis vers Harrison.

— Que penses-tu de vérifier certaines de ces adresses seul ? Je ne crois pas que nous devrions la laisser. Non seulement elle a été blessée, mais elle pourrait être sur la liste de quelqu'un.

— Il est aussi très tard. Il y a de fortes chances que nous soyons avisés de repartir à zéro demain matin.

Harrison contempla le salon.

— Eh bien, je vais prendre le sol. Il te reste le canapé.

Logan étudia le minuscule salon. Pour que Harrison arrive à dormir par terre, il faudrait déplacer la table basse dans la cuisine. Et le canapé était trop petit pour s'y allonger.

Il grogna, jeta un coup d'œil au reste de la cuisine et au couloir.

— Je suppose que je vais dormir sur le sol de la cuisine.

Harrison s'esclaffa.

— Et la nourriture ?

Il consulta sa montre.

— Il est plus de 23 heures.

Il secoua la tête.

— Nous n'avons pas dîné, et je doute qu'elle ait mangé quoi que ce soit depuis longtemps.

— Il n'y a que des pizzas à cette heure-ci.

Logan se dirigea vers le réfrigérateur, l'ouvrit et y trouva beaucoup de légumes verts, mais pas grand-chose d'autre.

— Je me demande si elle est végétarienne.

— Elle se nourrit probablement sainement. C'est une infirmière, tu t'en souviens ?

— Il faut quand même que nous mangions. Trouvons un truc à proximité.

Harrison brandit son téléphone.

— J'ai vérifié. Deux pizzerias à quelques kilomètres à la

ronde. Je vais appeler et passer une commande, puis j'irai les chercher. Nous ne voulons pas qu'un livreur vienne ici et attire l'attention sur le fait qu'elle est chez elle.

Logan acquiesça.

— Je vais rester et faire le guet.

Harrison commanda deux pizzas de taille normale, l'une avec tout et l'autre avec uniquement des légumes. Une fois qu'il fut parti, Logan ferma la porte derrière lui. Il s'approcha de la fenêtre de la cuisine et regarda à l'extérieur en attendant que Harrison monte dans la voiture et s'en aille.

Puis il monta la garde jusqu'à ce qu'il revienne vingt minutes plus tard. Logan ne vit ni n'entendit rien pendant ce temps.

Il laissa Harrison entrer. Tandis que ce dernier posait les pizzas sur la table, Logan réalisa qu'il avait également apporté l'ordinateur portable. Heureusement, car ils avaient maintenant beaucoup de recherches à effectuer.

Tous deux s'assirent à la table de la cuisine et mangèrent.

Après quelques morceaux, l'esprit de Logan se concentrant sur les problèmes qu'ils avaient rencontrés, il raconta :

— J'allais appeler Levi, mais j'ai décidé qu'il était trop tard.

— Il sait déjà où nous sommes, donc, à moins que nous ayons quelque chose de nouveau à partager, il vaut mieux attendre jusqu'au matin.

— Plan d'attaque pour demain alors ?

— Il nous reste trois adresses à vérifier. Trois femmes à retrouver. Donc peu d'espoir de voir tes amis.

— De toute façon, ils n'étaient pas disponibles. Je suis désolé que ça n'ait pas marché avec ta belle-sœur. Ton frère est parti depuis des années ?

Harrison hocha lentement la tête.

— Et elle n'avait pas beaucoup de contacts avec la famille à cette époque. Je suppose qu'elle a continué sa vie. Mais j'ai conscience que, pour mes parents, elle représente une partie de la vie de leur fils à laquelle ils espéraient rester connectés.

— Navré pour ton frère. Ça a dû être une période vraiment difficile pour toi.

— Tu n'en sais pas la moitié.

Logan leva un sourcil, étudia le visage de son ami et dit :

— Raconte-moi.

Harrison lui lança un regard.

— Sa femme était ma fiancée.

Logan se figea, sa pizza en suspens dans les airs.

— Oh, merde !

Il abaissa lentement la nourriture en voyant la douleur dans les yeux de son ami.

— Donc, tu as perdu ta fiancée au profit de ton frère, puis tu as perdu ton frère.

— Pas aussi rapidement, mais… ouais. Ce n'était pas très amusant pour qui que ce soit. Mes parents étaient très en colère contre elle et mon frère quand ils se sont mariés. Je n'avais pas d'autre choix que de faire la paix avec ça. Mais maintenant… (Il haussa les épaules.) Honnêtement, je suis content de m'en éloigner. J'espérais que mes parents en seraient également heureux. Peut-être qu'ils le seront désormais.

Logan grimaça.

— Ça ne doit pas être facile.

— Non.

— As-tu rompu avec elle, ou l'a-t-elle fait ?

— Les trouver, elle et mon frère, dans le lit a rendu la rupture mutuelle.

Harrison s'appuya sur sa chaise.

— D'où mes problèmes de confiance.

Logan fixa la pizza, détestant penser à ce que son ami avait traversé.

— Ton frère ne t'a-t-il jamais rien dit à ce sujet ?

Harrison renifla.

— Tu veux dire entre les moments où je lui en mettais plein la gueule ?

Il secoua la tête.

— Il ne s'est jamais défendu, n'a jamais rien exprimé à ce sujet. Ils se sont mariés six mois plus tard. Je suis venu pour mes parents, je suis parti et je ne les ai jamais revus.

Il fixa le lointain.

— Pas moyen de revenir en arrière après ça.

Merde ! Logan se sentait terriblement mal. Non seulement la fiancée de Harrison l'avait largué pour être avec son frère, mais elle avait également ruiné la relation entre les deux frangins en même temps, et maintenant, Harrison n'avait aucun moyen de se réconcilier avec lui. Pas que cela lui incombait. C'était sur la conscience de son frère. Et ses parents avaient dû assister à cette catastrophe avec horreur.

— Étant donné tout ça, je suis surpris qu'ils aient encore envie d'avoir quoi que ce soit à faire avec ta belle-sœur.

— Je ne pense pas qu'ils le voudront maintenant. Mais c'est difficile de perdre un enfant. Je ne leur en veux pas de souhaiter s'accrocher à des fragments de sa vie. Elle faisait partie de la famille depuis des années, et ils s'inquiètent pour elle. Elle n'a jamais été très amicale.

Harrison jeta sa dernière croûte dans la boîte.

— J'en ai fini. À plus d'un titre. Ça ne va pas être une bonne nuit sur le sol, mais honnêtement, je suis prêt à m'en accommoder.

Il se leva, se rendit à la salle de bain, en sortit, puis déplaça la table basse hors du chemin. Il attrapa un coussin du canapé, puis s'allongea sur le tapis de la petite pièce.

Logan le regarda, presque jaloux. Harrison avait toujours été en mesure de dormir n'importe où.

Lui était beaucoup plus exigeant. Il n'avait pas envie de l'être, mais dès qu'il se couchait sur une surface dure, tous les points de pression semblaient faux et lui faisaient mal. Chaque mouvement pour se mettre à l'aise n'apportait que de nouvelles zones douloureuses.

Les autres gars semblaient l'ignorer. Logan se sentait comme une mauviette, alors il avait appris à ne pas écouter les points de pression. Quand il se réveillait le lendemain matin, son corps lui faisait mal. Ils étaient souvent en déplacement, et il ne pouvait pas se permettre ce genre d'inconvénients. Cependant, Harrison avait raison sur un point : ils devaient dormir un peu. C'était nécessaire, et ils allaient devoir se lever tôt.

De plus, ils n'avaient aucune garantie de pouvoir dormir cette nuit. Il referma les boîtes de pizza, plaça les restes dans le réfrigérateur, laissa les déchets sur la table et procéda à un rapide contrôle de sécurité pour veiller à ce qu'il n'y ait personne dehors et que tout soit verrouillé au maximum. Il se rendit ensuite dans la salle de bain et se lava rapidement. Alors qu'il se dirigeait vers le canapé, il entendit un bruit dans la chambre.

Il s'approcha pour ouvrir la porte. Il voulait s'assurer qu'elle dormait. La fenêtre était grande ouverte, et l'air était glacial. Il la referma à moitié et se retourna pour vérifier qu'elle dormait. C'était le cas, mais de façon agitée, son corps tressaillait. Il ne savait pas si elle était en plein cauchemar ou en train de rêver.

Soudain, ses yeux s'ouvrirent, et elle poussa un cri. Il se précipita à ses côtés et lui dit :

— Tout va bien, Alina. Tout va bien. Tu fais seulement un rêve.

Elle serra ses doigts et reprit son souffle.

— C'est Colin, déclara-t-elle. Je t'ai vu dans ma chambre et… (Elle secoua la tête.) Je me demande combien de temps je vais continuer à voir son visage.

— Il est possible que ce soit de façon intermittente jusqu'à la fin de ta vie, indiqua-t-il calmement. Je ne veux pas t'effrayer. Mais notre subconscient a souvent des moyens de nous miner en faisant ressurgir certaines de nos pires peurs et cauchemars en période de stress.

Elle lâcha ses doigts, se détendit sur le lit et remonta les couvertures.

— Pourquoi es-tu dans ma chambre ?

— J'allais me coucher. Je suis venu vérifier comment tu allais, j'ai réalisé que la fenêtre était grande ouverte et je l'ai refermée. Et c'est là que tu m'as vu.

Elle acquiesça.

— Mon canapé est à peine assez grand pour toi.

Il rit.

— Ça ira très bien. Essaie de dormir un peu. Je laisse la porte de la chambre ouverte, d'accord ?

Mais elle s'était déjà rendormie. Il l'observa un moment et tira la porte. N'entendant aucun son de sa part, il se dirigea vers le canapé et réévalua la situation. Peut-être que ça conviendrait. Il s'étira. Ses genoux s'étalaient sur le côté de l'accoudoir, et sa tête était repliée contre l'autre accoudoir. Sol ou canapé ?

Étant déjà installé, il ferma les yeux, décidé à en tirer le meilleur parti, et finit par s'assoupir.

Chapitre 6

LE LENDEMAIN MATIN, Alina resta longtemps allongée dans son lit, s'acclimatant au changement de sa réalité. Elle était chez elle, elle n'était plus attachée, elle était dans son propre lit, seule. Elle aurait aimé changer le dernier point.

En invitant Logan, par exemple. Mais il était trop tôt pour cela. D'ailleurs, il n'allait pas rester dans les parages.

Entendant des bruits provenant de son salon, elle se figea, puis reconnut la voix de Logan. Elle se sentait tellement à l'aise avec lui et Harrison.

Peut-être parce qu'elle avait conscience que ces hommes n'étaient pas Colin.

Elle se leva lentement du matelas, marcha jusqu'à la cuisine en pyjama, et découvrit qu'ils avaient préparé du café et qu'ils étaient assis à la table de la cuisine, à manger une pizza.

— Pour le petit-déjeuner ?

Logan se dressa d'un bond, les bras tendus.

Comme un pigeon voyageur, elle se blottit dans son étreinte. Cette proximité avec Logan lui permettait de moins s'inquiéter de la façon dont elle réagirait face à un autre homme après Colin. Elle recula et sourit à son visage inquiet.

— Je vais bien.

Mais il ne se contenta pas de ses paroles. Il étudia son visage, puis ses mouvements.

Elle secoua la tête et rit.

— Arrête tes bêtises, dit-elle en le taquinant. Honnêtement, je vais bien.

Il acquiesça et désigna la pizza.

— Nous en avons commandé hier soir. Harrison est allé les chercher, et voici notre petit-déjeuner. (Il lui adressa un rictus de travers.) Je suis sûr que ce n'est pas ta définition de « sain », mais nous avions faim.

Elle sourit à Harrison tandis qu'il avalait un autre morceau.

— Sans compter que vous êtes de grands gaillards, et je doute fort qu'un yaourt et quelques graines vous rassasient.

Harrison se figea, le regard horrifié.

Elle rit et leva le nez en signe d'appréciation.

— En tout cas, vous savez vous tenir.

Elle s'approcha et se servit une tasse de café.

— Je vais prendre une douche. J'ai l'impression de ne pas avoir été propre depuis des jours.

Après ce rappel, elle saisit sa tasse, se dirigea vers sa chambre, attrapa des vêtements propres et alla dans la salle de bain.

Son café était trop chaud pour être bu maintenant, mais quand elle aurait fini, il devrait être à peu près bon.

Lorsqu'elle passa sous l'eau chaude, elle se retint de pleurer.

Non seulement ça piquait, mais c'était à des endroits où elle n'avait pas conscience d'avoir été blessée. Lorsqu'elle tourna le dos à l'eau chaude, elle comprit pourquoi ils avaient pris tant de photos à l'hôpital. Elle n'avait aucune idée de ce que Colin lui avait infligé. Mais elle avait mal partout. C'était ahurissant de constater à quel point soulever un bras qui avait été attaché et maintenu dans une position inconfortable faisait souffrir tous les muscles.

Elle savait que cela s'apaiserait. Mais pour les prochains jours, elle aurait de la chance si elle n'avait pas besoin de relaxants musculaires en permanence.

Elle laissa la chaleur circuler sur son corps. Cela devrait faciliter le mouvement de ses articulations.

Lorsqu'elle eut terminé, elle sortit, se sécha prudemment et s'habilla avec précaution. Elle but plusieurs gorgées de café avant de se rendre compte qu'il n'avait pas bon goût. Elle prit sa brosse à dents et son dentifrice, et se lava les dents.

Ensuite, elle goûta de nouveau le café et sourit.

— C'est beaucoup mieux.

Elle suspendit ses serviettes mouillées et attrapa son pyjama. Dans sa chambre, elle rangea ses vêtements et fit son lit.

Lorsqu'elle se dirigea vers la cuisine, elle trouva trois morceaux de pizza restés dans l'assiette.

Elle rit.

— Vous essayez d'être polis ou vous êtes vraiment rassasiés ?

Logan sourit.

— Nous sommes tes invités. Ce ne serait pas très aimable de notre part d'avaler toute la pizza sans t'en offrir.

Elle l'étudia et réalisa à quel point elle avait faim.

— Je ne me souviens pas qu'il m'ait donné à manger. Mon estomac est plutôt sensible en ce moment.

— Probablement les drogues, avança Harrison. J'espère que tu auras bientôt les résultats.

— J'espère que la police suivra d'une manière ou d'une autre, renchérit-elle. Mais honnêtement, je n'ai aucune idée de leur procédure. Je n'ai jamais été kidnappée auparavant.

Elle s'assit devant la pizza. Elle était si bonne qu'elle en prit une deuxième part, et, à la fin de celle-ci, elle était rassasiée.

Logan la considéra, et elle poussa l'assiette vers lui.

— Finis-la.

Elle regarda avec fascination la portion disparaître en quatre bouchées.

— Comment peux-tu manger une telle quantité en une seule fois ?

— Beaucoup d'entraînement.

Le visage de Logan était impassible lorsqu'il prononça cette phrase.

Elle sourit.

— Content de voir que vous avez le sens de l'humour, vu le travail que vous effectuez.

Elle jeta un coup d'œil à son petit appartement.

— Et c'est bien de savoir que nous avons eu une bonne nuit de sommeil. Je ne me suis pas réveillée avant le lever du soleil.

Elle lança un regard curieux aux hommes et demanda :

— Je suppose qu'il n'y a pas eu d'intrus ?

Logan secoua la tête.

— Une nuit tranquille.

Elle acquiesça.

— Vous pouvez y aller. Je devrais être en sécurité ici.

Harrison ricana.

— Dans quel univers vis-tu ? Ce n'est pas parce que tu as été en sécurité une nuit que tu le seras pour les suivantes.

Elle s'appuya sur sa chaise et soupira. Une fois de plus, elle observa autour d'elle.

— Je ne suis ici que depuis deux ans. Je n'ai pas encore l'impression d'avoir emménagé, car je travaille beaucoup. Mais c'est la seule maison que j'ai.

Elle ouvrit les bras et les agita autour du petit espace.

— Ce n'est pas comme si je pouvais faire mes valises et déménager.

— Et tu devrais agir sans que personne ne le sache, donc pas de camion de déménagement, pas d'assistance et aucun signe d'une aide extérieure.

— Comme si cela allait arriver, haleta-t-elle. Est-ce que j'ai l'air d'être capable de soulever le canapé toute seule ?

Elle prit sa tasse de café et en but une gorgée tout en réfléchissant.

— Ce n'est pas comme si je pouvais loger chez quelqu'un. Du moins, plus maintenant.

Les hommes la considérèrent en s'interrogeant.

Elle secoua la tête.

— Ma meilleure amie a déménagé il y a quelques mois. C'est la seule que je connaissais assez bien pour être disposée à dormir chez elle. Je suis venue ici pour travailler, et elle m'a suivie quelques mois plus tard. Nous organisions souvent des soirées pyjama chez l'autre. Et non, je n'ai pas de petit ami ni de famille proche ou d'amis ici. Mais j'ai un peu d'argent. Je pourrais aller à l'hôtel pour une nuit ou deux, mais ce n'est évidemment pas une solution à long terme.

— Ce serait préférable que quelqu'un attrape ces types avant qu'ils ne s'en prennent à toi.

— Je suis d'accord, acquiesça-t-elle. Je dois rester ici. Je n'ai nulle part où aller.

C'ÉTAIT CE QUE Logan craignait. Harrison et lui avaient eu cette discussion ce matin-là. Ils avaient aussi parlé à Levi. Elle pouvait dormir à leur hôtel, mais, comme elle l'avait dit, c'était une solution à court terme. C'était tout de même quelque chose.

— Nous avons une alternative pour les deux prochains jours, déclara-t-il calmement. Nous avons une chambre d'hôtel payée à Boston. Tu as des jours de congé de toute façon, alors tu pourrais venir et rester avec nous.

Elle haussa les sourcils de surprise.

— C'est très généreux de votre part. Mais qu'est-ce que je fais quand vous partez ?

— Nous n'avons pas encore de réponse à te donner. Nous espérons que la police est sur le coup et qu'une solution rapide sera trouvée. Si ce n'est pas le cas, nous pouvons éventuellement veiller à ce quelqu'un déménage tes affaires. T'aider à trouver un autre appartement. Mais nous ne serons pas en mesure de rester. Nous avons du boulot au Texas.

— Au Texas ? Près de Houston, par hasard ?

Les deux hommes froncèrent les sourcils.

— Oui, pourquoi ?

— Parce que ma meilleure amie est partie là-bas. Elle m'a dit de la rejoindre parce qu'il y fait beaucoup plus beau. Et les hôpitaux embauchent toujours. (Elle secoua la tête et rit.) Mais je ne me voyais pas opérer un tel déménagement. J'étais heureuse ici. J'aimais bien mon travail.

Logan prit note de l'utilisation du passé : *étais*, *aimais*.

— Tu devrais peut-être y réfléchir davantage, étant donné la situation dans laquelle tu te trouves actuellement, suggéra Harrison, avant de donner un coup de coude à Logan.

Logan l'ignora. Il savait exactement ce que pensait Harrison. Mais il n'était pas question pour lui d'aborder le fait qu'il aimerait bien qu'elle vive beaucoup plus près de lui. Il devait rester concentré, sinon son esprit avait tendance à s'enrouler autour de cette belle femme assise assez près pour qu'il soit en mesure de la serrer dans ses bras une fois de plus.

Lorsqu'elle était sortie de la cuisine en chassant le sommeil de ses yeux, il n'avait jamais vu un spectacle aussi doux. Il avait eu envie de l'attraper et de l'emmener au lit. Honnêtement, il ne s'attendait pas à rencontrer quelqu'un comme elle. Et ce n'était pas comme s'ils avaient une relation. Mais si elle déménageait au Texas, ils pourraient avoir une chance.

— Le problème, c'est que je ne suis pas sûre d'avoir envie d'être enfermée dans une chambre d'hôtel non plus, dit-elle. Vous avez des choses à faire, donc vous serez absents toute la journée.

— C'est vrai, mais au moins, là-bas, tu serais en sécurité. Et penses-y, la police te recontactera probablement. Et tu seras bien placée pour leur parler en cas de besoin.

— C'est un bon point.

Logan s'approcha et posa sa main sur la sienne.

— Honnêtement, tu n'as pas vraiment le choix.

Elle le regarda avec surprise.

— Je peux rester ici et tenter ma chance.

Il se rassit, un rictus se dessinant sur ses lèvres.

Elle le considéra avec méfiance.

Finalement, il sourit et dit :

— Tu pourrais, si je te laissais le choix. Mais le fait de t'avoir sauvé la vie une fois me donne l'impression que je dois recommencer. Ce qui signifie que tu vas venir à l'hôtel avec nous.

Elle ouvrit la bouche en signe d'indignation, puis la referma. Ses yeux passèrent de Logan à Harrison, qui ne lui était d'aucune aide puisqu'il riait.

— Vous iriez bien ensemble, déclara-t-il avec un grand rictus.

Il se leva et prit les cartons de pizza.

— Je vais emmener ça au bout du couloir jusqu'au vide-ordures.

Il sortit de l'appartement.

Alina se retourna vers Logan.

— Je ne peux pas emménager dans un hôtel avec vous deux.

— Pourquoi pas ?

— Parce que j'ai une vie.

— J'essaie de te protéger.

Elle s'assit et grimaça. La voix de Colin résonnait dans sa tête. Il avait dit qu'elle ne serait pas en sécurité. Qu'ils avaient son numéro de téléphone et son adresse, et qu'ils viendraient la chercher, quoi qu'il arrive. Elle branla du chef en signe de défaite.

— J'ai besoin de quelques minutes pour faire mes bagages.

— Tu en as quinze, annonça-t-il joyeusement.

Il se mit debout et se dirigea vers la porte d'entrée pour laisser entrer Harrison. Celui-ci jeta un coup d'œil sur eux deux et demanda :

— Avez-vous réglé vos différends ?

Elle renifla, tourna les talons et entra dans la chambre.

Logan rit.

— Absolument. Elle boucle ses valises et vient avec nous.

— Levi a appelé. Il veut qu'elle soit avec nous de toute façon.

D'une voix plus basse, à peine plus qu'un murmure, il ajouta :

— Et qu'on garde un œil sur elle au cas où quelqu'un s'en prendrait à elle, que ce soit pour la kidnapper ou pour nous tuer. Les flics s'efforcent de mettre la main sur les autres femmes. Colin étant mort, il n'y a pas beaucoup de pistes. Mais ils dissèquent sa vie pour en trouver. Levi souhaite qu'ils soient tous abattus si nous en avons l'occasion.

Il adressa un signe de tête appuyé à Harrison.

— Je m'en occupe.

Il avait conscience qu'il devait faire attention ; il s'impliquait trop. C'était l'une de ces affaires susceptibles de dégénérer très vite. Il devait s'assurer de garder son cœur en sécurité.

Chapitre 7

ILS CHARGÈRENT RAPIDEMENT son sac de voyage dans la voiture qu'ils avaient louée. Logan les conduisit tous à leur hôtel de Boston.

Une fois à l'intérieur, ils l'installèrent sur un lit.

— Il est à toi pour les deux prochaines nuits, déclara Logan en plaçant son sac près de la fenêtre. Nous partagerons l'autre.

Elle jeta un coup d'œil d'un lit à l'autre. Ils étaient tous les deux immenses. En théorie, ils seraient facilement en mesure d'en partager un.

Mais elle aussi le pourrait.

Elle se tourna vers les hommes.

— Et maintenant ?

Logan se dirigea vers la porte et dit :

— Maintenant, tu regardes la télé ou quelque chose comme ça, et nous reviendrons dans quelques heures.

Elle fronça les sourcils alors qu'ils se rendaient vers la sortie.

— Apportez le déjeuner alors, leur intima-t-elle.

Elle lui adressa un sourire éclatant, mais elle ne le sentait pas. Elle avait déjà l'impression d'être perdue. C'était très féminin de sa part. Elle s'affaissa sur le matelas lorsque la porte se referma derrière les hommes. Bon sang. Elle lança un coup d'œil dans la pièce. Qu'est-ce qu'elle fichait ici ?

La porte s'ouvrit, et Logan fixa Alina des yeux.

— Je ne peux pas te laisser seule ici.

Et la puissance de son regard s'intensifia.

Elle haussa les sourcils.

— D'accord, je suis confuse. Tu viens de partir.

— Et je suis revenu. (Il secoua la tête.) Mon esprit me dit que tu devrais être en sécurité ici, mais mon instinct me dit que tu ne devrais pas être seule.

Elle s'éclaira.

— Heureuse de l'entendre. Je me sentais un peu perdue ici.

— Être seule est une chose, mais l'être en étant traquée en est une autre.

Elle sauta du lit, attrapa ses chaussures, les enfila et prit un pull.

— Alors, où allons-nous ?

Il n'avait toujours pas bougé. Désormais, il grognait carrément.

— C'est le problème. Nous avons des adresses à vérifier.

— Donc, est-ce que je suis plus en danger en allant avec vous ?

— Harrison et moi sommes restés dans le couloir à nous disputer. (Il jeta un coup d'œil vers la porte.) En essayant de trouver la meilleure façon d'avancer.

— Le seul moyen pour que quelqu'un sache que je suis ici, c'est qu'il nous suive.

— À moins que ton appartement n'ait été mis sur écoute.

Elle le fixa, la mâchoire décrochée. D'une voix étranglée, elle concéda :

— Je n'y ai pas songé.

— Non, mais nous, oui. Nous n'avions rien avec nous

pour vérifier le logement, et honnêtement, nous ne pensons pas qu'ils ont été aussi rapides. Mais nous n'avons aucun moyen d'en être sûrs.

— Mais ils ignorent dans quel hôtel nous nous trouvons et dans quelle chambre.

Il lui adressa un sourire de travers.

— Je suis conscient de tout cela. Je comprends tous les raisonnements. Mon esprit est tout à fait d'accord avec toutes les réponses logiques. Cependant, mon instinct ne peut être ignoré.

Elle réfléchit un long moment, songeant à toutes les fois où elle était retournée dans la chambre d'un patient parce qu'elle sentait qu'il était en détresse ou qu'il était proche d'un problème majeur qu'elle était en mesure d'éviter. Elle s'avança et murmura :

— Je suis d'accord pour rester assise dans le véhicule tout le temps qu'il faudra.

— Tu dois faire exactement ce que nous te disons quand nous te le disons. Pas d'hésitation.

Et sur ce, ses sourcils se levèrent.

— Je travaille dans un hôpital, lui rappela-t-elle pour le rassurer. Je suis les ordres et je m'occupe des urgences.

Il l'étudia attentivement.

Lorsqu'il se détendit, elle réalisa qu'elle avait passé une sorte de test.

— Bien.

Elle l'accompagna jusqu'à la porte.

— Quelle route prenons-nous et quand pourrons-nous déjeuner ?

Il se mit à rire.

— Tu aurais dû manger plus que deux parts de pizza au petit-déjeuner.

— J'essaie de perdre cinq kilos, avoua-t-elle.

— Tu… quoi ?

Sous le choc de son ton, elle se retourna pour lui faire face.

— Mon dernier petit ami prétendait que je n'étais pas assez mince. Je pense que je me suis accrochée à cela.

La porte verrouillée, ils se tenaient devant l'ascenseur, et Logan frappait vicieusement le bouton pour l'appeler.

— C'est ridicule, déplora-t-il. Si tu perds encore du poids, tu vas disparaître. (Puis sa voix redevint rusée, et il la regarda de travers.) Penses-y, si tu maigrissais, tu risquerais d'être kidnappée et mise dans une valise plus petite.

— Ce n'est pas drôle, s'emporta-t-elle alors qu'ils montaient tous les deux dans l'ascenseur.

— Non, ce n'est pas drôle. Mais maintenant, tu pourras y réfléchir quand tu voudras perdre plus de poids. Tu es parfaite comme tu es, donc oublie ça. (Il secoua la tête.) Qu'est-ce que les femmes ont avec leur poids ?

— Tu ne comprends pas. J'aime manger. J'aime vraiment ça.

Logan la fixa et branla du chef.

— L'univers se moque de moi en ce moment.

Elle le considéra avec confusion tandis que la double porte s'ouvrait.

— Pourquoi ? Parce que tu n'aimes pas voir les femmes manger ? demanda-t-elle.

Il lui prit le bras, le passa dans le sien et l'entraîna vers le véhicule qui se trouvait à l'avant.

— Non, se défendit-il en riant. C'est exactement le contraire. Je suis soudain entouré de femmes minuscules capables de manger pour trois. Je jure qu'elles surpassent tous mes amis masculins.

Harrison se tortilla sur le siège du conducteur, et ils montèrent tous les deux dans la voiture.

— Tu es d'accord pour venir avec nous aujourd'hui ?

— J'étais perdue dans cette pièce et je me demandais ce que je fichais là-bas.

Il acquiesça.

— Nous ne sommes pas encore sûrs que ce soit la bonne chose à faire, mais il me semblait injuste de te laisser.

— Cela me convient, déclara-t-elle.

Ils partirent alors qu'elle était assise à l'arrière avec sa tablette. Elle pouvait très bien rester assise ici et observer. Elle était en sécurité ; elle avait les hommes avec elle. Même s'ils étaient des étrangers à bien des égards, elle savait qui ils étaient à l'intérieur. Des héros.

Tout en écoutant, elle les entendait discuter de chaque détail. La première adresse affichée sur le GPS, ils suivirent les indications qui les conduisirent dans un vieux quartier résidentiel, aisé d'après ce qu'ils voyaient.

— Waouh, regardez ces maisons ! murmura-t-elle.

Elle ne savait pas si les propriétaires pouvaient être considérés comme riches, avec tous les milliardaires du monde, mais pour elle, ils l'étaient.

— C'est quelque chose, dit Logan en tapotant le système de navigation. C'est la bonne adresse.

Harrison ralentit, et ils passèrent devant une grande propriété clôturée. C'était une majestueuse maison de briques et de pierres. Un bardage mixte qui aurait dû s'opposer, mais qui, d'une manière ou d'une autre, s'assemblait en une belle façade avec des toits-terrasses tout autour.

Harrison dirigea le véhicule devant le bâtiment, fit demi-tour à l'intersection suivante lorsque la circulation le permit et repassa lentement devant la demeure.

— Je suppose que ces endroits n'ont pas de ruelle ?

Elle regarda l'immense allée circulaire de la cour avant, mais remarqua aussi une entrée vers l'arrière.

— Comment font-ils pour avoir des services municipaux ici ? Le ramassage des ordures, tout ça. C'est sûrement à l'arrière. Je n'arrive pas à imaginer que quelque chose d'aussi beau puisse avoir quelque chose d'aussi dégoûtant à l'avant, souligna-t-elle en riant.

Harrison tourna à gauche dans la rue suivante et fit le tour du pâté de maisons.

— Pas de ruelle, mais une route.

Intéressant. Et comme le pavillon semblait occuper tout le quartier, il n'était pas contigu à une autre maison, mais à une entrée arrière utilisée pour les services.

Devant celle-ci, Harrison se gara et descendit du véhicule.

— Je reviens dans un instant.

Ils le regardèrent s'approcher des barrières de sécurité. Immédiatement, un garde en uniforme sortit pour l'accueillir. Harrison s'entretint avec lui quelques instants, puis il fut raccompagné à sa voiture.

— C'est ce à quoi je m'attendais, indiqua-t-il une fois de retour à l'intérieur. Aucune information et aucune marge de manœuvre. La sécurité est stricte.

— Elle appartient à une société italienne. Le propriétaire est Dorian Mutually, précisa Logan.

— Je ne connais pas ce nom, déclara Harrison en jetant un coup d'œil à Logan. Nous demanderons aux flics de vérifier ce qu'il en est de celle-ci. Sinon, nous devrons revenir la nuit.

Alina regarda les deux hommes prendre des notes, échanger des informations par SMS avec quelqu'un. Ils devaient avoir un sacré quartier général auquel ils envoyaient des renseignements. C'était fascinant de penser au type de travail qu'ils effectuaient.

Lorsqu'ils passèrent devant le bloc et ne firent pas demi-tour, elle les questionna :

— Vous n'allez pas vérifier cet endroit ?

— Il y a une sécurité à l'avant et à l'arrière. Nous n'avons aucune raison de nous approcher. Toutefois, si nous voulions entrer, nous le ferions, mais pas en plein jour.

Ses yeux s'écarquillèrent lorsqu'elle les imagina entrer par effraction dans une telle propriété. Mais elle se souvint alors qu'ils avaient fait la même chose là où elle avait été détenue.

— Une raison valable ? On peut plutôt appeler les flics.

Logan se retourna et lui adressa un sourire.

— Comme on l'a fait avec toi.

Elle s'enfonça dans son siège.

— Je viens de me rendre compte du risque que vous avez pris en pénétrant par effraction dans cet endroit, et je vous suis sacrément reconnaissante d'avoir écouté votre instinct.

— Dans notre métier, l'instinct est très important, murmura Harrison. Nous ne prenons pas ce genre de choses à la légère.

Il s'engagea dans la circulation et se dirigea vers une intersection. Il prit à gauche sur une route principale, et ils roulèrent encore vingt minutes.

Elle réalisa qu'ils se rendaient à l'adresse suivante.

— Qu'est-ce que vous cherchez exactement ?

— Tout et n'importe quoi.

Logan se cala contre le siège.

— Nous sommes en quête d'informations.

Elle digéra lentement.

— C'est votre travail ?

— Pas souvent, dit-il joyeusement. Mais je ne suis pas contre ce type de boulot.

— Et ces adresses ?

— Elles nous ont été fournies par un indic. On nous a demandé de les contrôler.

— Ouah, et vous m'avez trouvée à l'une d'entre elles. (Elle regarda par la vitre.) Donc la grande maison chic que nous venons de voir serait assez grande pour loger les autres femmes.

— C'est possible. J'ai envoyé un courriel à l'inspecteur Easterly pour qu'il vérifie. Il a plus de ressources policières maintenant que les priorités ont changé. Nous devons mettre la main sur les trois femmes. Ils peuvent obtenir un mandat pour fouiller cette propriété sur la base de ce que nous avons jusqu'à présent.

HARRISON PRIT LA parole.

— Nous serons à la prochaine adresse dans quelques pâtés de maisons. Faites preuve de vivacité.

Logan s'installa, comprenant exactement ce que Harrison voulait dire. Cela n'avait rien à voir avec le fait de jeter un coup d'œil autour de soi, mais plutôt avec le fait d'être vigilant et d'écouter son instinct. S'ils avaient réussi à soutirer des informations à Colin, ils auraient sans doute eu quelque chose de plus à se mettre sous la dent. Cela rappela à Logan qu'il devait prendre contact avec la police dans les prochaines heures. L'inspecteur Easterly n'était pas là ce matin quand Logan avait téléphoné. Et il aurait bien besoin d'une mise à jour sur l'affaire.

Ils arrivèrent alors à une rangée de maisons et à un grand complexe familial d'au moins quatre-vingts unités. C'était l'un de ces lotissements où chaque pavillon était une copie conforme du suivant. Une dizaine d'entre eux étaient regroupés dans un seul bloc.

— Je cherche le numéro quatorze, annonça-t-il.

Harrison ralentit légèrement lorsqu'ils passèrent devant la quatrième bâtisse du premier pâté de maisons. Elle donnait sur la rue principale et était coincée au milieu de plusieurs autres. La seule différence était que les rideaux étaient fermés à l'étage. Il se dirigea vers l'arrière et trouva d'autres complexes. Finalement, il fit le tour et accéda par l'entrée principale. Il n'y avait pas de barrière de sécurité ici ; il entra et roula devant le numéro quatorze. Sur le côté, il y avait un seul abri pour voiture, vide. Harrison se gara sur la place de parking réservée aux invités. Les deux hommes s'observèrent.

— Faisons un tour, suggéra Harrison.

De l'arrière, Alina dit :

— Laisse-moi aller avec Logan pour faire croire que nous sommes un couple qui envisage d'acheter, et tu restes ici.

Logan la considéra.

— C'est une bonne idée.

Lorsqu'elle sortit du véhicule, il lui tendit la main. Lorsqu'elle lui donna la sienne, ils sillonnèrent ensemble le complexe. Alina parla de la belle aire de jeux pour les enfants et du bâtiment commun au centre pour les fêtes d'anniversaire et les salles de réunion.

Il s'intéressa à la sécurité – ou plutôt à l'absence de sécurité. Bien qu'il y ait beaucoup de gens et de familles ici, les allées et venues seraient ignorées. À moins de trouver un voisin curieux et bavard qui monterait la garde. En tout cas, le numéro quatorze avait l'air inoffensif. De retour à la voiture, Logan demanda à Harrison :

— Tu veux frapper ?

Harrison acquiesça. Il traversa l'abri pour véhicules et se dirigea vers la porte de derrière. Au niveau de la cuisine, il toqua plusieurs fois.

Lorsqu'il recommença, Logan regarda si quelqu'un jetait un coup d'œil par les fenêtres pour voir qui était à la porte. Mais il n'y eut ni réponse ni mouvement à l'intérieur. L'endroit semblait désert.

Harrison se tourna vers Logan et fit un geste de la main. Harrison saisit la poignée et la tourna. La porte s'ouvrit. Quelques secondes plus tard, il grimaça et s'empressa de la refermer.

Logan pivota vers Alina.

— Je veux que tu t'asseyes à l'arrière et que tu verrouilles la portière derrière toi. Ne sors pas de la voiture et n'entre pas dans l'appartement.

Elle le dévisagea avec inquiétude.

— Qu'est-ce qu'il y a ? Qu'est-ce qui ne va pas ? Les femmes sont-elles à l'intérieur ?

Ne pouvant s'en empêcher, il déposa un baiser sur sa tempe.

— Je n'en suis pas encore sûr. Il faut que j'aille voir.

Il la conduisit jusqu'au véhicule et le déverrouilla. Avant de s'installer, elle demanda :

— Quelqu'un est mort dans cette maison, n'est-ce pas ?

Il la regarda avec surprise.

— Je ne sais pas, mais d'après l'expression du visage de Harrison, peut-être.

Il ferma la portière, entendit le clic de la serrure et se dirigea vers Harrison.

Celui-ci était au téléphone avec Levi. Il rouvrit la porte et entra.

Logan le suivit. L'odeur de décomposition était omniprésente. Non seulement cela sentait la mort, mais c'était un décès qui remontait à longtemps. La personne qui était morte l'était depuis plusieurs jours.

Ils fouillèrent rapidement l'étage inférieur – de petites pièces exiguës, assez agréables pour deux personnes peut-être, mais pas du tout dans le style de Logan –, mais il était vide. Ils montèrent rapidement les escaliers, en appelant au cas où il y aurait encore quelqu'un. Ils firent le tour de la première chambre et se rendirent à la chambre principale. Logan poussa la porte avec sa botte, simplement au cas où. Sur le lit gisait un homme mort.

Plus précisément, il s'agissait de l'un des quatre trafiquants d'êtres humains disparus, Jason Markham. Logan pivota vers Harrison.

— Et une fois de plus, les choses sont parties en couille.

Chapitre 8

ALINA ÉTAIT ASSISE dans la voiture, le corps tordu pour réussir à regarder par la vitre arrière. Logan et Harrison ne réapparurent pas avant une éternité. Elle ne savait pas trop quoi en penser. Ils se tenaient à l'extérieur, le visage sombre, et elle avait conscience que c'était pire que ce à quoi ils s'attendaient. Elle était désolée pour ceux qui se trouvaient dans la maison. Il fallait espérer qu'il n'y ait qu'un seul cadavre. Mais cela lui rappelait à quel point sa propre réalité était sinistre.

Elle ignorait si c'était lié à son enlèvement, mais elle savait que Logan l'avait sauvée. Elle voulait sortir et l'entourer de ses bras, autant pour sa propre sécurité que pour le réconforter. C'était un homme bon.

Il s'avança vers elle, d'un pas mesuré, rapide et déterminé. Il dégageait tellement de puissance en ce moment, mais la colère était également présente, comme une vague rouge qui le précédait alors qu'il se dirigeait vers elle. Harrison était au téléphone. Elle pouvait imaginer les appels qui devaient être passés maintenant. Les deux hommes qui étaient venus seulement pour vérifier quelques endroits ont trouvé beaucoup plus que ce qu'ils cherchaient. D'un autre côté, elle n'était pas capable d'imaginer ce qu'aurait été la vie s'ils n'étaient pas venus pour cette mission de reconnaissance.

Elle baissa la vitre et leva les yeux vers lui. Il s'accroupit à côté d'elle. Elle dit à voix basse :

— C'est grave, n'est-ce pas ?

Il acquiesça.

— C'est l'un des quatre trafiquants d'êtres humains qui ont disparu. Mais pas de femmes.

Elle mit une main sur sa bouche.

— Oh, mon Dieu !

— Assassiné, ajouta-t-il doucement. Cela change encore la donne.

Elle secoua la tête.

— Tu savais déjà que c'était une mauvaise affaire quand tu m'as trouvée, et ce n'est que la quatrième adresse. Il t'en reste encore une à vérifier.

Il lui prit la main.

— Après que l'ambulance t'a emmenée à l'hôpital, un tireur d'élite a abattu Colin dans la cour d'entrée, au milieu de tous les policiers.

Sa bouche tremblait, légèrement entrouverte.

— C'est donc le deuxième meurtre.

Il jaugea son expression, guettant le choc ou le déni. Il lui tapota de nouveau la main.

— La police est en route, annonça-t-il. Nous allons les attendre ici. Je vais essayer de te tenir à l'écart du rapport autant que possible.

Elle fronça les sourcils, le regard un peu distant.

— Je n'ai rien à voir avec ça. Pourquoi serais-je dans le rapport ?

Il lui jeta un coup d'œil en coin.

— Tu es montée avec nous, et nous avons conduit jusqu'ici. Je devrai donc expliquer pourquoi nous sommes venus ici, et par conséquent, tous ceux qui sont avec nous seront cités.

Elle s'affaissa et grimaça.

— La dernière chose dont j'ai envie, c'est de voir des flics en ce moment.

— Je comprends. Ce n'est pas une option. Mais tu n'es pas entrée dans la maison. Tu n'as rien vu. Tu n'es au courant de rien. Tu restes près de moi parce que c'est moi qui t'ai sauvée.

Elle s'éclaira.

— Ça, je peux le confirmer. Et tu devrais recevoir une médaille pour m'avoir tirée des griffes de ce connard de Colin.

Elle était redevenue assoiffée de sang, et il s'en réjouissait.

— Par exemple t'avoir comme récompense ?

Elle plissa le visage, puis réalisa ce que cela signifiait.

— Je suppose que le déjeuner est retardé ?

Il gloussa.

— Pas tant que ça. Harrison et moi allons fouiller la maison, voir si nous sommes en mesure de trouver quelque chose avant que la police n'arrive. Tu dois rester ici, hors de vue, et ne pas quitter le véhicule. Sinon, je vais devoir expliquer ce que tu faisais.

— Je suis très bien ici, dit-elle en secouant la tête. Je joue à des jeux sur ma tablette. N'importe quoi pour passer le temps et me changer les idées…

Il se pencha vers elle et l'embrassa fougueusement sur le sommet du crâne.

— Parfait.

Il se retourna et s'éloigna.

Elle se demanda comment leur relation avait pu évoluer jusqu'à ce qu'il se sente suffisamment à l'aise pour l'embrasser ainsi et qu'elle l'accepte. Non seulement cela, mais elle détestait qu'il s'en aille sans l'avoir prise dans ses bras et sans l'avoir serrée contre lui. Elle commençait à en avoir vraiment envie. Elle ne s'était jamais considérée comme une personne aimant les câlins. Elle avait toujours été physiquement distante avec les gens, mais avec lui, tout ce qu'elle voulait, c'était rester dans ses bras.

Elle pencha la tête en arrière et laissa libre cours à ses pensées. Elle était désolée pour l'homme assassiné dans la maison. Cela ajoutait un autre élément désagréable à tout ce scénario, mais c'était un trafiquant, et il n'avait peut-être eu que ce qu'il méritait.

Ces méchants disparus avaient beaucoup de choses à se reprocher. Elle comprenait que les types allaient tout mettre en œuvre pour aller au bout de ce désastre. Elle souhaitait leur mettre la main dessus. Mais elle souhaitait d'abord retrouver les femmes disparues, avant qu'il ne soit trop tard.

Cependant, la police de Boston était sûrement déjà sur le coup. Elle ne savait pas combien de temps s'était écoulé avant d'entendre l'arrivée des voitures sans sirène. Elle se redressa et regarda les trois véhicules approcher. L'un se gara à côté de celui dans lequel elle était assise, un autre dans l'abri de la maison, et le dernier derrière lui. Les officiers en descendirent et se dirigèrent vers la maison.

Elle espérait que Logan et Harrison étaient au courant de l'arrivée des flics, car ils étaient à l'intérieur depuis vingt bonnes minutes. Ils sortirent tous les deux sur la petite terrasse et parlèrent avec les officiers. Elle observa nerveusement Logan et Harrison jusqu'à ce qu'ils marchent vers la voiture.

— Tout va bien, déclara Logan. Nous avons donné aux policiers nos noms, nos numéros et les coordonnées du patron, ainsi que les raisons de notre présence ici. Nous avons aussi expliqué que, quand la porte s'est ouverte, nous avons senti que quelque chose n'allait pas à l'intérieur. Et que nous avons une histoire solide et des antécédents pour ce genre de situations, alors quand nous sommes entrés et que nous avons jeté un coup d'œil rapide, ce n'était pas hors de l'ordinaire.

— Est-ce qu'ils ont encore besoin de vous parler ? demanda-t-elle. Ou à moi ?

Les deux hommes branlèrent du chef, et Logan répondit :

— S'ils le veulent, ils nous appelleront.

— Et moi ?

Harrison s'esclaffa.

— Non, toi aussi tu es tirée d'affaire.

Elle se rassit avec soulagement.

— Dieu merci, c'est une bonne chose. Personnellement, j'ai eu mon lot avec la police ces derniers jours.

Sur ce, Harrison démarra la voiture et quitta lentement l'allée.

Alors qu'ils partaient, Alina vit le véhicule du médecin légiste entrer et se rappela que quelqu'un avait perdu la vie ici. Et, bien qu'elle ne soit pas enchantée d'être appelée à traiter avec les forces de l'ordre, quelqu'un d'autre serait ravi de cette opportunité, si cela signifiait qu'il était encore en vie.

— Où va-t-on maintenant ? demanda-t-elle à voix basse.

Harrison répondit :

— Même si j'aimerais en avoir fini pour aujourd'hui, il nous reste encore une adresse à vérifier. Ensuite, nous devrons nous présenter à la police.

— Faisons-le alors, lança-t-elle. Jusqu'à présent, cette sortie est vraiment nulle.

Elle s'installa sur le siège arrière de la voiture et regarda le paysage défiler. Elle n'avait jamais passé beaucoup de temps à Boston, la région lui était donc inconnue.

Une fois de plus, ils suivirent le GPS, qui les conduisit dans un petit quartier résidentiel en dehors de la ville principale. De petites maisons et de petits terrains, avec des équipements de jeux dans les arrière-cours, et des enfants en bas âge qui couraient partout.

— C'est vraiment un quartier familial, n'est-ce pas ?

— Il y a des aires de jeux partout, souligna Logan.

Ils tournèrent plusieurs fois et aboutirent dans une petite rue secondaire bordée de beaux peupliers des deux côtés. Harrison se dirigea vers l'avant-dernière maison sur la gauche et dit :

— C'est ça. Numéro 211.

Ils regardèrent le pavillon familial de deux étages, peint d'un bleu tendre avec des volets blancs et une porte blanche. Un tricycle se trouvait dans la cour d'entrée. Il n'y avait pas de jardin, mais une petite clôture en piquets avec un portail pour empêcher les enfants de sortir. Des rideaux clairs étaient tirés sur les fenêtres et attachés.

Elle ne voyait pas de sous-sol.

— Si jamais il y avait une maison moins propice aux ennuis, j'aimerais la voir.

Logan s'esclaffa.

— C'est presque suffisant pour me rendre méfiant.

Elle comprit ce qu'il voulait dire – presque trop de complaisance et de douceur. La porte arrière s'ouvrit, et une femme tenant la main d'un enfant en bas âge et un bébé dans ses bras sortit sur le porche, puis marcha jusqu'à l'herbe. Elle s'arrêta un peu plus loin, bien visible à travers le grillage, et laissa le bambin faire quelques pas dans l'herbe avant qu'il ne tombe. Elle rit, le ramassa et le remit debout.

— Vous croyez toujours que c'est suspect ? les question-na-t-elle.

— Nous avons assisté à des choses bien pires dans notre vie, argua Harrison. Nous ne prenons jamais la surface pour argent comptant. Mais je ne suis pas du tout convaincu par mon instinct sur ce coup-là.

— Moi non plus. Je pense que c'est exactement ce que ça a l'air d'être. Mais il serait intéressant de savoir à qui ça appartient.

Il pencha la tête et travailla sur son ordinateur portable.

Elle se doutait qu'il était capable d'obtenir le nom, le numéro de téléphone et probablement tout ce qui concernait le type de nourriture que la famille mangeait en quelques minutes.

— Les noms que je vois ne sont liés à aucun des quatre suspects, indiqua-t-il. Le propriétaire est Richard Noble. Lui et sa femme, Tabitha, ont acheté la maison il y a trois ans.

Ils regardèrent le bambin monter et redescendre les escaliers, rejoint par la mère et son bébé.

— C'est sans doute pour cela qu'ils l'ont achetée. Elle était probablement enceinte du premier et a eu le second depuis.

Alina espérait vraiment qu'ils n'étaient pas impliqués. La dernière chose qu'elle voulait imaginer était que la mère et les deux enfants soient mouillés dans quelque chose d'aussi effrayant que le meurtre à la dernière adresse ou le trafic d'êtres humains, comme ce qu'elle a vécu.

Harrison repassa devant le bâtiment et se gara pas trop près de la clôture. Il étudia le petit pavillon, les sourcils froncés.

Finalement, Logan demanda :

— Qu'est-ce qui te tracasse ?

— Ce n'est pas cette maison, mais celle qui se trouve à côté qui me turlupine.

— Pourquoi ?

Elle n'avait même pas envisagé qu'ils s'étaient peut-être trompés d'adresse et qu'ils voulaient voir le voisin à la place. Mais lorsqu'elle aperçut les rideaux bouger dans le salon principal, et un visage observer dehors puis revenir en arrière, elle réalisa qu'il avait tout à fait raison.

— Quelqu'un vous a donné la mauvaise adresse exprès ?

— Les informateurs sont capables de donner toutes sortes de conneries pour de nombreuses raisons, dit Logan calmement. Tout comme toi. Cela pourrait être simplement dû au fait que quelqu'un avait conscience que Colin était dans le coup ou qu'il avait remarqué quelque chose de suspect. (Il secoua la tête.) À moins que les renseignements datent de trois ans, je n'imagine pas les occupants de cette résidence impliqués. Mais ceux d'à côté, oui, c'est tout à fait possible.

Harrison le considéra.

— Je vais parler à la mère de l'autre maison. Restez ici. C'est un cas où un seul homme vaut mieux que deux.

Logan acquiesça. Alina et lui regardèrent Harrison sortir de la voiture, traverser la route jusqu'à la cour avant et franchir le portail latéral. Il appela, et, quelques instants plus tard, la femme apparut sur le côté du pavillon, le bébé dans les bras. Logan et Alina étaient trop loin pour entendre la conversation, mais celle-ci dura plusieurs minutes. Apparemment, Harrison obtenait des informations.

Lorsqu'il revint au véhicule, il était difficile de lire sur son visage, contrairement à ce qui s'était passé lorsque Logan avait quitté l'appartement après avoir trouvé le corps. Il était facile de se rendre compte qu'il était en colère. Elle s'efforça de décoder le langage corporel de Harrison.

Quand il remonta dans la voiture, il relata :

— La famille a emménagé il y a trois ans. Un homme seul vivait là à l'origine. La propriété appartenait à leur voisin, Lingam, et son frère vivait dans la maison.

Le silence régnait dans la voiture.

Un moment plus tard, Harrison ajouta :

— Elle n'a eu aucun contact avec le voisin depuis qu'ils ont emménagé. C'est un solitaire, sans famille, pas du tout amical. Il garde un gros chien dans l'arrière-cour la plupart du temps.

— Tu as vu un chien ? demanda Alina.

Logan répondit :

— Je parie que si nous faisons le tour de la maison, nous le verrons dehors. Le mec nous observe depuis la fenêtre de devant.

— C'est vrai, mais j'ai croisé toutes sortes de gens dans ma vie d'infirmière, raconta Alina. Beaucoup sont simplement paranoïaques et pas nécessairement pour une raison valable.

Logan fournit des indications sur la maison du voisin.

— Lingam. Il possédait les deux propriétés jusqu'à ce que la première soit vendue il y a trois ans. Il en a également une autre dans le district de Melville.

Elle attendit quelques minutes qu'il apporte d'autres informations.

— Il n'a pas d'emploi rémunéré et semble avoir quarante-quatre ans. Un de ses frères est décédé il y a un an.

— Le problème, c'est qu'il a l'air trop suspect, souligna Alina.

Harrison laissa échapper un petit rire.

— Dans notre métier, tout le monde est suspect, alors

trop suspect ?… Est-ce vraiment possible ?

— Mais vous voyez ce que je veux dire. C'est presque une évidence. Un type qui regarde derrière les rideaux des fenêtres, qui surveille tout. Il ne travaille pas, c'est un ermite.

— Je ne suis pas sûr qu'il soit le méchant du tout, éluda Logan. Mais il faut se dire que s'il ne l'est pas, vu la façon dont il observe tout ce qui se passe, il pourrait très bien être au courant de quelque chose.

Logan considéra Harrison.

— C'est mon tour ?

Harrison acquiesça.

Logan ouvrit la portière, la referma, puis frappa à la vitre d'Alina après avoir contourné le véhicule. Elle le regarda s'approcher du deuxième pavillon, aller jusqu'à la porte d'entrée et frapper. Il attendit, attendit, puis il toqua de nouveau. Finalement, la porte s'ouvrit légèrement.

Logan s'avança pour parler à l'occupant.

Assise dans la voiture, Alina se demanda ce qu'il pouvait bien demander à cet homme.

LOGAN SOURIT AU type grand et trapu et se présenta en tendant une de ses cartes.

— Bonjour. Êtes-vous John Lingam ?

Devant le hochement de tête suspicieux du gars, Logan ajouta :

— Nous cherchions l'ancien propriétaire de la maison des voisins. Et j'ai cru comprendre qu'ils vous l'avaient achetée.

Lingam le dévisagea avec colère et une pointe de peur.

— Oui, c'est la mienne… C'était la mienne, corrigea-t-il. J'avais besoin d'argent, alors je l'ai vendue.

Lingam marchait avec une canne. C'était peut-être pour cela qu'il n'avait plus de travail. Et cela expliquerait pourquoi il avait vendu la propriété.

— Qu'est-ce que vous voulez savoir sur cette maison ? (Il fixait Logan.) Je ne sais rien. Je m'occupe de mes affaires et j'évite les ennuis.

— Quel genre d'ennuis ? demanda Logan à voix basse. Y en a-t-il avec ces gens ?

Lingam se raidit.

— Il ne s'y passe rien en ce moment. Quand mon frère, Joe, vivait là, c'était une autre histoire. Il ne valait rien. Il était censé payer le loyer, mais chaque mois, je devais me battre avec lui pour obtenir quelque chose. Il n'a jamais compris ce qu'était l'argent, ni que j'avais encore un crédit à rembourser. Chaque mois, il me donnait une fraction de ce qu'il me devait.

— Donnait ?

Lingam acquiesça.

— Oui, il est mort maintenant.

— Comment est-ce arrivé ?

— Comme la plupart des gens dans son monde, dit Lingam en secouant la tête. Il a fréquenté de mauvaises personnes. (Il regarda la voiture.) Je ne sais pas et je ne veux pas savoir à quel point. Mais il a été abattu un jour sur le pas de sa porte. Je l'ai trouvé.

Logan acquiesça.

— Je suis désolé pour votre perte.

— Ne le soyez pas. C'était un idiot. Il s'est accroché à toutes sortes de choses désagréables.

— Des drogues ?

Lingam haussa les épaules.

— Il en a pris plusieurs. Mais je ne pense pas qu'il

dealait. C'était bien pire que ça.

Logan l'étudia attentivement.

— Trafic d'êtres humains, peut-être ?

Le visage de Lingam devint blanc, et son regard se porta ailleurs que sur celui de Logan. Sa voix s'éleva.

— Je ne sais rien de tout cela. Et je ne veux pas le savoir. S'il était impliqué, il méritait son sort.

Lingam recula et tenta de fermer la porte.

Logan ne discuta pas avec lui. Il déclara :

— Nous devons découvrir la vérité. Nous essayons de démanteler un réseau. Si vous avez des informations susceptibles d'aider ces femmes, je vous en serai reconnaissant.

Lingam secoua la tête.

— Je ne sais rien sur aucune femme. C'est terminé.

Mais il s'arrêta en refermant la porte. Il eut un regard plein d'espoir, comme si Logan allait confirmer ses propos.

— Non, ce n'est pas terminé. Pas du tout. Nous avons sauvé une femme hier. Mais il nous en manque quatorze en ce moment même.

Lingam écarquilla les yeux d'horreur.

— Je ne sais rien de tout cela.

— Avez-vous déjà vu des femmes passer par cet endroit ?

Lingam ricana.

— Vous plaisantez ? Mon frère avait des filles qui allaient et venaient tout le temps.

— Il voyageait beaucoup ? Avait-il une grosse valise ?

Lingam fronça les sourcils.

— Il en a acheté une très grande, en prétendant qu'il allait voyager. Mais il n'est jamais allé nulle part. Il était trop drogué et trop ivre, il traînait tout le temps à la maison. Il ne travaillait jamais, ne faisait jamais rien. C'était l'enfer pour obtenir l'argent de mon loyer.

— Intéressant. Je dois vous demander si, à sa mort, vous avez hérité de quelque chose ? Et si c'est le cas, y avait-il de l'argent liquide ?

Lingam acquiesça.

— C'est ça qui est bizarre. Il y avait environ soixante mille dollars sur son compte. Et j'ai trouvé plein d'argent dans la maison quand j'ai fait le ménage. Il m'a menti tout le temps et a refusé de payer ce qu'il devait, mais il accumulait tout. (Il branla du chef.) Ce n'est pas une façon de traiter sa famille. J'ignore comment il a gagné cet argent, et je ne veux pas le savoir. Bon débarras.

— Connaissez-vous l'un de ses amis ? Vous souvenez-vous de noms ? Des hommes ou des femmes ? Quelque chose qui pourrait nous aider ? Et quand il est mort, qu'avez-vous fait de ses affaires ? Vivait-il seul dans cette maison ? Ou y avait-il des traces de la présence de quelqu'un d'autre ?

— Il vivait seul, mais, oui, j'ai trié ses affaires. Tout est dans la remise arrière. Je n'en veux pas. Et s'il a quelque chose à voir avec cette histoire de trafic d'êtres humains, je n'en veux vraiment pas.

Bingo. Logan lui sourit lentement.

— Et si je vous débarrassais de tout ça ?

Lingam le considéra d'un air soupçonneux. Logan hocha la tête en regardant la carte dans la main de Lingam.

— Notre société travaille avec la police de Boston. Nous verrons si quelque chose dans les effets personnels de votre frère est lié à l'enquête en cours. Je suis disposé à tout prendre maintenant.

Il jeta un coup d'œil à la voiture de location et réalisa que cela dépendrait de la place disponible.

— Ou je peux indiquer aux flics que tout est là.

Le visage de Lingam se figea.

— Pas de flics. Je ne leur parlerai pas. Je ne veux rien avoir à faire avec eux. Si vous le voulez, vous pouvez tout prendre maintenant. J'ai vendu et je me suis débarrassé de tout ce que je pouvais. Le reste est là. Je ne savais pas quoi en faire. Allez jusqu'à l'allée de derrière. Il y a un portail. Je vais vous montrer, mais vous devez oublier mon nom. Pas de policiers dans le coin.

— J'essaierai de vous tenir à l'écart, dit Logan. Mais vous comprenez, ils sont susceptibles de revenir pour confirmer que tout ça vient de vous.

Lingam secoua la tête.

— Vous vous mettez sur le côté. Je vais déverrouiller la porte et vous montrer les cartons. Pendant que vous chargez, je vous écris une lettre pour vous en donner la permission. Mais pas de flics. Je n'ouvrirai même pas la porte.

Et il claqua la porte au nez de Logan.

Ils seraient en mesure de tirer quelque chose de précieux de cette rencontre. Il retourna au véhicule et monta à bord.

Après avoir transmis l'information à Harrison, ils firent le tour du pâté de maisons et stationnèrent derrière la résidence, dans l'allée.

Lingam les attendait et avait ouvert le portail. Ils se dirigèrent vers le hangar. Logan sortit de la voiture et ouvrit la porte.

Une demi-douzaine de cartons étaient empilés d'un côté.

— C'est tout ?

Lingam acquiesça.

— Prenez tout. Bon débarras de lui et de cette merde.

Harrison attrapa deux cartons et les emporta dans la voiture. Logan se chargea des deux suivants. Le temps qu'il atteigne le véhicule, le coffre était ouvert. Les deux dernières boîtes furent chargées à côté d'Alina.

Lingam ferma le portail derrière eux, en criant :

— Et ne revenez pas.

En possession de la lettre signée par John Lingam, ils s'en allèrent.

Chapitre 9

D E RETOUR SUR la route, Alina étudia les boîtes. Elles étaient poussiéreuses, vieilles, et elle n'arrivait pas à imaginer ce qu'elles contenaient. Elle comprenait la théorie selon laquelle tout était important et que chaque détail pouvait mener à un autre, mais il était difficile d'imaginer que ces cartons sales et abîmés contiennent quoi que ce soit de précieux pour l'affaire.

— On rentre à l'hôtel maintenant ?

— Oui, confirma Logan. Nous sommes à un quart d'heure.

— Pouvons-nous d'abord aller chercher un déjeuner pour le ramener avec nous ? Ou voulez-vous manger à l'hôtel ?

— J'ai vu une épicerie fine au coin de la rue, dans le même quartier que l'hôtel. Et si on essayait ça ?

— Ça me paraît bien.

Elle s'installa, heureuse de savoir qu'ils n'avaient pas oublié la nourriture.

À l'hôtel, quelques minutes plus tard, les hommes sortirent avec les cartons et les portèrent à l'étage. Une fois dans la chambre, ils posèrent le tout sur le sol.

— Je vais chercher le repas, annonça Harrison. Et nous pourrons passer en revue toutes ces choses pendant que nous mangeons.

— D'accord.

Pendant que Harrison était parti, Logan et Alina prirent la première boîte et l'ouvrirent, puis posèrent soigneusement son contenu sur le lit. Le carton vide posé sur le sol, Logan passa en revue chaque vêtement, en vérifiant toutes les poches pour voir si elles contenaient quelque chose. Il nota également la taille de chaque pièce.

Elle se sentait inutile en le regardant faire.

— Est-ce que je peux aider ?

Il acquiesça.

— Bien sûr. Passe en revue les vêtements, vérifie les poches, vois s'il y a quoi que ce soit d'intéressant.

Elle se dirigea vers l'autre côté du lit et fixa ce qui semblait être un sac de chaussettes. Elle était sûre qu'il n'y avait rien d'intéressant. En y regardant de plus près, les chaussettes semblaient plus sales que propres. Elle suggéra :

— Tu devrais peut-être utiliser une paire de gants.

Il rit et lui jeta une paire de gants de sa poche.

Elle fut surprise, secoua la tête et dit :

— Si tu avais vu tout ce que j'ai vu…

Elle enfila les gants et passa en revue toutes les chaussettes sales, trouvant quelques sous-vêtements qui n'avaient pas l'air très propres non plus.

— Où est-ce qu'on met les trucs qui n'ont aucun intérêt ?

— Dans la boîte, répondit-il.

Méthodiquement, ils contrôlèrent tout. Lorsqu'ils arrivèrent à la dernière chemise, il la prit, la vérifia et la remit dans le carton. Avant qu'ils n'aient le temps d'ouvrir un deuxième carton, Harrison appela de l'extérieur en frappant à la porte.

— Logan, j'ai les mains pleines.

Logan ouvrit la porte et laissa entrer Harrison. Ce dernier portait un plateau de tasses de café en papier et deux sacs de nourriture.

Il posa le repas sur la petite commode et distribua le café. Puis il ouvrit les sacs et tendit à Alina un gros sandwich. Ils ne discutèrent pas beaucoup pendant qu'ils mangeaient. Elle s'installa confortablement avec son café lorsque les hommes se levèrent pour reprendre le travail.

Logan ouvrit le deuxième carton et répéta le processus avec tout ce qui s'y trouvait. Celui-ci était également plein de vêtements, y compris des chaussures. Mais rien d'autre d'intéressant ne fut déniché.

Lorsqu'ils ouvrirent la troisième boîte et réitérèrent leurs gestes, elle se demanda si cela valait la peine ou si ce n'était que de la camelote.

Lorsque Harrison ouvrit le quatrième contenant, elle put lire sur son visage qu'il se posait également la question.

Il jeta un coup d'œil à Logan et sourit.

— Nous allons devoir nous débarrasser d'une tonne de choses. J'espère qu'ils ont une poubelle en bas.

— Moi aussi, confirma Logan. Je ne sais pas pourquoi Lingam ne s'en est pas chargé dès le départ.

Alina posa son café et déclara :

— Faisons un voyage maintenant. On aura plus de place.

Les hommes se considérèrent, jetèrent un coup d'œil aux deux boîtes posées sur le sol, et Logan demanda :

— Tu penses être capable de les soulever ?

Elle se leva en riant.

— Eh bien, il n'y a qu'une seule façon de le savoir.

Elle prit un carton et opina du chef.

— Celui-ci est assez léger.

Logan attrapa l'autre.

— Je viens avec toi.

Elle lui lança un regard.

— Je suis à peu près sûre qu'il n'y a pas de danger à marcher jusqu'à la zone des ordures.

Il sourit.

— Mais si ce n'est pas le cas ?

Ensemble, ils descendirent les escaliers puis sortirent pour trouver les bennes à ordures et se débarrasser de leur chargement.

Faisant signe de retourner à la chambre d'hôtel, il déclara :

— Allons-y. Après ça, j'ai vraiment envie d'une douche.

— Oui, moi aussi, renchérit-elle. C'est resté dans le hangar pendant un an. C'est dégueulasse.

— Plus que ça, c'est probablement la façon dont l'homme vivait.

Elle grimaça.

— Ça n'a pas l'air drôle non plus.

De retour dans la chambre d'hôtel, ils constatèrent que Harrison avait de nouveau rempli la quatrième boîte. Prenant une décision soudaine, ils ramassèrent les deux cartons récemment fouillés et repartirent pour un autre voyage.

Logan prit ensuite son café et s'assit un moment. Harrison était en train d'étaler sur le lit tout ce qu'il y avait dans le cinquième contenant.

Elle appréciait vraiment la façon méthodique dont ils s'y prenaient, même si c'était frustrant. Elle aurait probablement mis cette boîte à l'envers et examiné chaque pièce, qu'elle aurait jugée inutile.

Cependant, ce carton semblait contenir plus de bibelots, de livres, de cahiers et quelques paires de chaussures. Elle attrapa ce qui ressemblait à un petit journal et le feuilleta. Chaque page était vierge. Elle le mit de côté et attrapa une pile de papiers qu'elle tira vers elle pour étudier les gribouillis sur chacun d'entre eux. Elle ne savait pas si les hommes allaient les jeter, car il était presque impossible d'en tirer des conclusions. Elle parcourut une douzaine de pages et ne trouva rien de lisible. Elle les plaça avec le journal.

Logan aida de nouveau Harrison. Ils passèrent en revue les choses les plus faciles – le reste des chaussures, les cravates et les serviettes – jusqu'à ce qu'ils n'aient plus que ce qui était susceptible d'être le plus intéressant parmi tout ce qu'ils avaient découvert jusqu'à présent. Ils saisirent chacun un livre, en vérifièrent soigneusement le dos, les couvertures avant et arrière, le tinrent à l'envers pour voir si quelque chose y était glissé. L'un des livres était un roman de poche. L'autre était un volume relié. Ni l'un ni l'autre ne donnèrent quoi que ce soit. Après un examen approfondi, les deux ouvrages furent remis dans la boîte. Vingt minutes plus tard, le contenu de cette dernière était enfin épuisé. La seule chose qu'elle avait trouvée, c'étaient des pages bizarres, entrecroisées, comme si elles avaient été utilisées pour prendre des notes à des moments bizarres, en réutilisant le papier à plusieurs reprises. Elle les tendit.

— Je ne sais pas s'il y a quelque chose d'exploitable là-dedans.

Harrison attrapa les papiers et s'assit avant d'étudier lentement les inscriptions. Il isola les dernières pages et les présenta à Logan.

Logan les saisit et dit :

— D'accord.

Elle leva la tête et le considéra.

— Quoi ?

Il brandit les quatre pages pour qu'elle puisse les voir. Certaines d'entre elles étaient tachées, comme si on y avait renversé du café. Mais la dernière entrée était clairement lisible, facilement reconnaissable. Et pourquoi ne le serait-elle pas ? Il y était écrit le nom d'Alina.

LOGAN OBSERVA SON visage tandis qu'elle lisait son nom sur la feuille. La curiosité se transforma en horreur.

Elle jeta un coup d'œil à toutes les affaires sur le lit et aux cartons sur le sol.

— Il me connaissait ?

Elle branla du chef.

— Je peux vous dire que je ne le connaissais pas.

— Et la question est maintenant de savoir pourquoi ton nom se trouvait sur un bout de papier dans sa chambre il y a un an.

Elle s'affaissa dans sa position.

— Je ne sais pas ! s'écria-t-elle, horrifiée.

Elle porta une main tremblante à sa tempe.

— À moins qu'il ne connaisse Colin, et qu'ils aient prédéterminé que j'étais sur la liste des personnes susceptibles d'être kidnappées.

Elle frémit.

— C'est horrible. Penser que des gens ont comploté pour m'enlever pendant plus d'un an.

La pile de documents fut mise de côté. Harrison, après avoir déterminé que rien d'autre de valeur ne se trouvait sur le lit, enleva tout le reste, le remit dans la boîte et ouvrit la dernière. Il ne subsistait plus que des notes, des papiers, des journaux et des livres.

Logan dit à Alina :

— Espérons que celle-ci nous donnera un peu plus d'informations.

Une fois de plus, alors que tout était exposé sur le matelas, ils restèrent tous les trois debout à regarder la pile.

Elle secoua la tête.

— C'est tout ce qui reste de la vie d'un homme ?

— Ça et soixante mille dollars, précisa Logan. Commençons par les livres, puis nous passerons en revue les pages volantes.

Chacun prit un livre et, en suivant la même procédure que précédemment, vérifia soigneusement qu'il n'y avait pas de notes ou de papiers glissés à l'intérieur, d'objets utilisés comme marque-pages qui pourraient être intéressants, et, si l'ouvrage avait un rabat, tout ce qui pourrait être inséré dessous. Logan saisit un journal écorné.

Il feuilleta plusieurs pages ; le début avait été arraché. Une écriture apparut sur les suivantes, mais elle était très difficile à lire. Le reste du journal était vide. Il vérifia la toute dernière page, car il avait l'habitude de l'utiliser pour écrire des notes de temps en temps s'il n'avait rien d'autre à portée de main. Mais elle aussi était vide. Il regarda de nouveau les inscriptions au début du carnet, sans être en mesure de déterminer si elles avaient de la valeur ou non. Il le mit de côté et en attrapa un autre. Après avoir tout vérifié, ils ne trouvèrent rien d'autre de valeur. Ils avaient maintenant toutes les feuilles volantes qu'ils avaient isolées.

Harrison en prit une pile.

— On dirait un ensemble de comptes griffonnés sur des feuilles volantes, mais agrafés ensemble. (Il jeta un coup d'œil.) Il n'y a pas beaucoup de comptabilité là-dedans. Qui sait s'il essayait de tenir un budget pour lui ou pour les femmes kidnappées ?

— Savons-nous quand ces femmes ont été enlevées ? demanda Alina.

— Non, répondit Logan. Le seul lien est ton nom et son adresse. J'aurais aimé en trouver plus.

— Mais ce lien est sacrément fort, s'emporta-t-elle. Je ne peux pas dire que j'aime voir mon nom sur l'une de ces feuilles.

Harrison était toujours en train de feuilleter des lignes d'écritures comptables.

Logan lança un coup d'œil autour de lui pour voir ce qu'il y avait d'autre et trouva plusieurs pages froissées. Il les ouvrit et les étala à plat sur le lit. Plusieurs comportaient des chiffres, mais rien ne permettait de les identifier. On aurait dit de la simple comptabilité. Il les mit de côté et continua à avancer.

Au bout de la pile, il trouva une autre série de feuilles agrafées. Il les feuilleta et étudia les inscriptions.

— Et voici un rapport avec Colin.

Il tapota le papier et lut à haute voix :

— « Colin demande plus d'argent. Il est suffisamment payé. » Et le mot « suffisamment » a été lourdement souligné. (Il leva les yeux pour voir Harrison qui l'observait et ajouta :) Puisque Joe est de mèche avec Colin, nous devons supposer qu'il faisait partie de ce réseau de trafiquants. Probablement l'un des sous-fifres des quatre chefs de file. Joe payait Colin ou négociait, il était donc pris en étau entre ce que Colin voulait et ce que les acheteurs voulaient. Joe n'était pas content, mais c'est lui qui a fini par mourir.

— Pourquoi cela ? demanda Alina. Ça n'a aucun sens.

— Si, si Colin supprime l'intermédiaire.

L'air malade, Alina s'assit sur la chaise en serrant sa tasse à café vide dans ses mains. Logan jeta un coup d'œil à

Harrison et lui fit signe de s'approcher.

Harrison acquiesça.

— Finissons-en, déclara-t-il. Nous aurons une boîte de n'importe quoi dont nous garderons la trace. Le reste peut partir.

Bien qu'ils aient parcouru les dernières pages, ils ne trouvèrent rien de valeur à part la pile qu'ils isolèrent. Cette fois, Harrison s'empara des cartons pour les jeter dans la benne à ordures.

Logan opina du chef.

— Je vais mettre cette housse à l'extérieur. C'est ton lit, et on n'a pas pensé à toute la saleté qu'il y avait dans ces boîtes.

Il roula la housse supérieure de façon à pouvoir la déposer dans le container. Puis il sortit dans le couloir et jeta l'édredon dans un panier à linge. Il revint et demanda :

— Tu crois que tu as besoin d'une housse ? Je peux aller en chercher une autre.

Elle le considéra, confuse, puis regarda les couvertures sur le matelas.

— Je me contenterai de ce qu'il y a ici, merci. (Elle sourit.) Vraiment, je n'avais même pas remarqué que tout cela se produisait sur le lit où je dormais.

— Nous aurions dû le recouvrir d'une bâche de protection avant.

Il étala de nouveau toutes les pages sur le lit et, à l'aide de son téléphone, prit soigneusement des photos en gros plan de tout. Il fit de même avec les feuilles de comptabilité que Harrison avait. Lorsqu'il eut terminé, il s'assit et envoya le tout à Levi avant de composer rapidement le numéro et d'attendre qu'il réponde.

— Vous nous avez envoyé une sacrée quantité de paperasse, dit Levi.

— Oui, mais il y a aussi le nom de Colin et celui d'Alina.

Il entendit un faible sifflement à l'autre bout du fil.

— Cela permet de les relier tous les trois.

— Ainsi qu'à quelques-unes des adresses que l'on t'a indiquées, renchérit-il. Nous n'avons rien trouvé dans la maison où nous avons découvert le corps.

Logan jeta un rapide coup d'œil à Alina, mais elle ne semblait pas écouter.

— Tu as des nouvelles de son identité ?

— C'est l'un des quatre hommes que nous recherchions. Il n'est pas encore évident de savoir quel occupant de la propriété il aurait été susceptible de connaître et dans quel contexte, ni même pourquoi il était là. La police est sur le coup. Elle soupçonne que l'adresse était un lieu où les femmes kidnappées étaient gardées et qu'elle est maintenant trop « chaude » pour être utilisée de nouveau.

— Tu l'as dit à Jackson, je suppose ?

— Oui. Il est également très intéressé par les informations que vous avez trouvées. J'attends qu'il me donne d'autres instructions.

Logan acquiesça.

— Allons-nous rester sur place ?

— Pour l'instant. Je rappellerai quand j'en saurai plus. J'espère toujours que la police a quelque chose.

Levi hésita, puis demanda :

— Où est Alina ?

— Ici même, déclara Logan. Je dois admettre que mon instinct m'a incité à ne pas la laisser seule.

— C'est bien, acquiesça Levi, l'inquiétude s'insinuant dans son ton. Dois-je m'arranger pour lui trouver un lit d'appoint ici ?

Les sourcils de Logan se haussèrent. Il lança un regard à Alina.

— Ce serait un long trajet. Elle a un emploi ici qu'elle devrait reprendre dans quelques jours.

— D'accord, dit Levi d'un ton vif. Avez-vous laissé quelque chose chez elle ?

— J'ai réglé les portes de façon à savoir si quelqu'un entre, et j'ai placé un mouchard dans le salon.

Alina lui jeta un coup d'œil. Il se retourna et lui sourit d'un air rassurant.

— Jusqu'à présent, rien ne s'est déclenché sur le mouchard.

— D'accord, tenez-moi au courant.

Logan raccrocha, empocha le téléphone et pivota vers elle.

— C'est le seul moyen de savoir si on a accédé à ton appartement.

Il s'accroupit devant elle et lui prit la main.

— Aie confiance en nous. Nous savons ce que nous faisons et nous veillons à ta sécurité.

Chapitre 10

ELLE LE REGARDA avec stupeur.

— Il ne m'est jamais venu à l'esprit que quelqu'un ait pu entrer dans mon appartement alors que je n'y étais pas, murmura-t-elle. (Elle secoua la tête.) C'est un cauchemar qui n'en finit pas.

Il hésita, jeta un coup d'œil à Harrison, puis revint à elle.

Elle se pencha en avant, et ses mains s'agrippèrent aux siennes.

— Quoi ?

— Notre temps ici risque d'être très court, l'informa-t-il. C'était mon patron. Nous devons rester pour le moment, mais nous ne pouvons pas nous éterniser. Et tu dois te rendre à l'évidence : si le problème n'est pas résolu, des gens sont susceptibles d'être toujours à tes trousses.

Elle branla du chef.

— Qu'est-ce que tu veux dire ? Que je devrais faire mes valises et déménager à cause de ça ? Comment puis-je être en sécurité ailleurs qu'ici ? Ils ne me suivraient pas à la trace ?

— C'est possible, mais en même temps, si tu te mets hors de leur portée, ça leur coûtera beaucoup plus cher de te poursuivre. Ils pourraient vouloir réduire leurs pertes et s'en aller. Beaucoup de choses se passent en coulisses. Mais à un moment donné, on nous rappellera, et nous devrons retourner au Texas.

Elle démêla doucement ses mains et s'assit, croisa les bras sur sa poitrine et réfléchit à ce qu'elle était censée faire. Elle n'avait aucune réponse. Quel genre de cauchemar est-ce que c'était ?

— Et si je posais des congés et partais en vacances ?

Elle promena son regard dans la pièce, comme pour observer son appartement, les quelques affaires qu'elle possédait.

— Déraciner ma vie et opérer un tel déménagement sans travail, sans endroit où vivre, sans sécurité… (Elle secoua la tête.) C'est extrême.

— Vraiment ? l'interpella Harrison. Réfléchis à l'autre option. Tu rentres chez toi, tu te détends, tu penses que c'est fini et tu te réveilles de nouveau attachée dans une autre chambre.

La main de la jeune femme se porta à sa poitrine à ce rappel. Elle se redressa contre le dossier de la chaise, sortit son téléphone de sa poche, ouvrit ses contacts et appela Caroline. Lorsqu'on lui répondit, elle dit :

— Caroline, c'est Alina.

— Alina !

Son amie, ravie d'avoir de ses nouvelles, bouillonnait d'informations positives. Quand elle se calma enfin, elle demanda :

— Mais tu m'as téléphoné pour une raison, n'est-ce pas ?

Alina répondit à son amie autant qu'elle le put, mais un silence terriblement désagréable l'accueillit à l'autre bout du fil. Après une pause silencieuse, Alina ajouta :

— La police ne m'a pas dit grand-chose. (Elle jeta un coup d'œil à sa montre.) J'aurais dû les appeler plus tôt pour avoir des renseignements. Je ne sais pas si je dois rester ici pour un procès ou quoi, mais d'après les deux gars qui m'ont sauvée, je suis toujours en danger.

— Bien sûr que tu es toujours en danger ! s'écria Caroline. Et le rat qui t'a kidnappée a précisé qu'ils te poursuivraient. Il y a de fortes chances qu'ils mettent leurs menaces à exécution. Viens ici.

— À quoi cela servirait-il ? la questionna Alina avec lassitude. Je travaille et je devrai probablement faire des allers-retours pour ce stupide procès.

— Tu plaisantes ? Cela pourrait être dans deux ans. (Elle laissa échapper une bouffée d'air.) Il y a longtemps que j'essaie de t'inciter à déménager ici, alors c'est parfait.

Alina se rassit, heureuse d'entendre la voix de son amie et réalisant à quel point elle lui avait manqué.

— Je n'ai pas de boulot là-bas, ni d'endroit où vivre. Et je n'ai pas beaucoup d'argent. Je ne peux pas rester au chômage toute ma vie.

Et pourtant, même elle avait conscience que ces excuses étaient faibles.

— Tu as peur, c'est tout. Tu as peur de sauter le pas, comme tu avais peur quand je l'ai fait. Mais la crainte d'être de nouveau enlevée doit certainement l'emporter sur celle de changer d'emploi et de lieu de travail. J'ai une maison. Tu peux rester ici avec moi jusqu'à ce que tu sois sur pied. Et les hôpitaux d'ici ont besoin d'infirmières. Tu peux venir ici.

La voix de Caroline était ferme et catégorique.

— Je paierai même ton billet d'avion.

— Et mes meubles ? Qu'est-ce que j'en fais ? Je suis censée les vendre ? demanda-t-elle en haussant la voix à la fin. Cela n'a aucun sens, alors que j'en aurai besoin dans mon nouvel appartement.

— C'est plus logique que de les expédier. Tous ces meubles étaient d'occasion lorsque nous les avons achetés.

Nous pouvons recommencer la même chose ici.

— Je ne peux pas quitter mon appartement, tout laisser derrière moi.

Elle effectua un lent virage à 360 degrés en énumérant mentalement le contenu de son logement.

— J'ai le canapé, les tables et mon lit.

— Mets une annonce gratuite dans le journal, suggéra son amie. Tout partira le premier jour. Je n'accepte pas de refus.

— Je te rappelle dès que j'ai parlé à la police.

Alina raccrocha le téléphone. Elle considéra Logan.

— Elle insiste beaucoup pour que je déménage à Houston.

— Peut-être que la vraie question que tu dois te poser maintenant, intervint Harrison, c'est : pourquoi tu ne le ferais pas ?

Et simplement comme ça, elle vit l'énormité de la situation dans laquelle elle se trouvait.

— J'ai besoin de quelques minutes pour m'allonger, murmura-t-elle.

Elle s'affaissa sur le lit désormais propre et se recroquevilla, la tête sur l'oreiller. Elle avait tenu bon pendant la majeure partie de la journée, repoussant tous les souvenirs, maîtrisant toutes ses peurs parce qu'elle avait ces deux hommes à ses côtés. Pas question d'être kidnappée avec ses deux gardes du corps. Mais ils devaient bientôt partir. Et après ?

Ses yeux étaient grands ouverts et complètement secs, comme si le problème était trop important pour des larmes. Le gouffre entre son ancienne et sa nouvelle vie était si grand, si large et impossible à franchir qu'elle n'avait d'autre émotion que le choc.

Elle reconnut instinctivement son contact. Logan la prit rapidement dans ses bras, tira les couvertures vers l'arrière et la glissa dessous en les rapprochant de ses épaules. Harrison était gentil, mais il n'était pas aussi tactile que Logan. Ce contact n'était pas irritable ou chafouin, il était facile, apaisant. La plupart du temps, Logan lui tenait la main, l'étreignait dans ses bras, lui caressait les bras ou les joues, ou l'effleurait d'une manière ou d'une autre. Cela l'aidait à garder les pieds sur terre dans cette nouvelle réalité folle.

Mais lorsqu'elle entendit les voix des hommes chuchoter derrière elle, elle eut l'impression de s'être trompée pendant tout ce temps.

Elle n'arrivait pas à imaginer retourner chez elle maintenant. Et si elle ne le faisait pas, où pourrait-elle aller ? Elle y avait dormi la nuit précédente. Mais les deux hommes étaient avec elle. Maintenant, elle était dans leur chambre d'hôtel, des étrangers, mais pas n'importe lesquels. Elle ne s'était jamais sentie aussi en sécurité. Pourtant, cela ne continuerait que tant qu'elle serait avec eux, et cela ne durerait pas longtemps. Ils partiraient dès qu'on le leur demanderait. Elle ne savait pas s'ils avaient d'autres choses à effectuer, mais ils attendaient les ordres. Ils étaient là depuis une nuit et devaient repartir le lendemain. Et cela signifiait qu'elle devait retourner à sa vie. Sans eux.

Quand les tremblements commencèrent, elle ignora comment les arrêter. Peut-être que si elle réussissait à dormir, cela serait salvateur.

Elle entendit une exclamation étouffée avant d'être soudainement soulevée et blottie contre la poitrine de Logan. Les lumières étaient baissées, et elle ne savait pas s'il faisait encore jour. Les rideaux étaient fermés, et elle entendit Harrison marmonner quelque chose.

Elle murmura contre le torse de Logan :

— Je suis désolée, tellement désolée.

Il la serra contre lui et lui frotta le dos.

— Tu n'as aucune raison d'être désolée, dit-il doucement. Je m'attendais à une telle réaction depuis le début. Je ne comprenais pas comment tu parvenais à être aussi calme.

— Je ne le suis pas. Quand j'ai enfin réalisé ce qui m'attendait pour toujours, j'ai compris à quel point je risquais d'avoir des ennuis.

— Ou peut-être que tu étais dans le déni, suggéra-t-il. C'est dans notre nature instinctive de voir les choses sous un angle positif.

Elle opina du chef. Elle voulait le convaincre qu'elle allait bien, mais les mots ne venaient pas. Au lieu de cela, elle tourna la tête vers son thorax et s'accrocha à lui. Il ne parla pas et ne lui posa pas de questions. Il se contenta de la serrer contre lui et de lui frotter le dos. Une partie de son calme, de sa compassion, se glissa finalement dans sa conscience, et elle sentit ses tremblements s'atténuer. Elle prit plusieurs respirations profondes et, s'allongeant contre sa poitrine, murmura :

— Merci.

— Je n'ai presque rien fait, susurra-t-il. J'aurais aimé être en mesure de t'épargner ces deux jours attachée comme ça, paniquée et effrayée, inquiète à l'idée de savoir où tu allais finir. Je n'ai rien fait. Le problème, c'est que je ne suis pas capable de garantir ta sécurité si tu restes ici. Nous pourrions te placer sous protection, mais nous savons trop bien qu'il est facile pour quelqu'un de s'en prendre à la victime s'il le veut vraiment. (Il l'étreignit contre son torse.) Je ne dis pas cela pour t'effrayer, mais c'est la réalité. Le monde criminel dispose de moyens et d'une main-d'œuvre qu'il est parfois presque impossible de battre.

Elle releva la tête et le considéra.

— Et si vous attrapez les méchants ?

Son regard était à la fois dur et doux, déterminé et fatigué, comme s'il détenait trop de connaissances sur le monde.

— Nous espérons attraper tous les méchants, mais tu sais à quel point les chances sont minces, donc nous devons nous concentrer sur l'arrestation de tous ceux qui en avaient après toi.

— Le seul moyen d'y parvenir est… La police va sûrement retrouver tous les associés de Colin.

Elle était terrifiée pour les quatorze femmes qui avaient été enlevées et qui se trouvaient toujours dans cette situation.

— Cette grande maison. Celle qui coûte cher. Quelles sont les chances que les filles disparues s'y trouvent ?

Il secoua la tête.

— Nous n'en savons rien. Tout ce que je peux te dire, c'est que nous attendons les ordres. Nous avons fait ce que nous devions faire, et j'ignore ce qui nous attend.

Elle jeta un coup d'œil dans la pièce.

— Harrison est parti. Il a fui à cause de moi ?

— Non. Il est allé prendre l'air et passer d'autres coups de fil. Il sera de retour dans peu de temps. Tu n'as pas eu beaucoup de moments seule. Nous avons dû rester près de toi pour nous assurer que tu allais bien.

Elle regarda fixement la petite pièce qui était devenue sa maison si rapidement.

— Je ne sais pas quoi faire.

— Je suis désolé que tu aies du mal à partir, car ce serait tellement plus facile si tu disparaissais du coin. Les types n'auraient pas la moindre idée de l'endroit où tu te trouves, et ils ne seraient pas en mesure de te suivre à la trace.

Elle lui lança un regard et lui demanda :

— Pouvez-vous veiller à ce que cela se produise ?

Il la dévisagea avec surprise.

— Que quoi se produise ?

— M'aider à disparaître. À m'éloigner de la ville. De mon appartement. De ce monde. Trouver un travail quelque part, d'une manière ou d'une autre. (Elle marqua une pause.) Cela semble si réel tout à coup. Comme si les dernières quarante-huit heures ne l'étaient pas – je les ai repoussées dans les recoins de mon esprit, mais maintenant j'arrive à me rendre compte à quel point ma situation est dangereuse. Je suis terrifiée à l'idée d'être prise de nouveau.

— Quand tu parles de ce monde, tu veux dire ta vie ? Ta maison et ton travail habituels ?

Logan la serra contre lui et la berça doucement sur le lit.

— Eh bien, c'est probablement une bonne chose que tu sois plus consciente maintenant. Quant à te faire disparaître…

Il se pencha en arrière pour réfléchir à la question.

— Je suis certain que nous pouvons te prêter main-forte. Je ne suis pas sûr du délai.

Il lui jeta un coup d'œil.

— Dans quelle mesure s'agit-il d'un caprice passager de ta part ? Tu pourrais changer d'avis demain. Ou dans une semaine. Si nous t'aidons à t'installer dans une nouvelle ville et que tu trouves un nouveau travail, vas-tu le regretter ?

Elle se dégagea de son torse et le regarda fixement.

— Serai-je en vie ? Ne serai-je pas une esclave sexuelle ou une esclave de travail, ou Dieu sait ce qu'ils avaient en tête pour moi ? Je me demanderai toujours si c'était une étape nécessaire, mais les cauchemars me rappelleront à quel point j'étais malheureuse d'être attachée dans ce lit, paniquée à l'idée de m'échapper. (Sur ces mots, elle secoua la tête.) Si je dois déménager, je souhaite aller à Houston. Du moins, c'est là que Caroline habite. Elle me harcèle pour que je déménage là-bas.

— Oh, je suis d'accord ! Mais ça ne garantit pas qu'ils ne peuvent pas te suivre à la trace.

Elle acquiesça.

— Mais c'est le mieux que je puisse faire. Il faut que ça se passe discrètement, comme Harrison et toi l'avez dit. Je ne sais pas à quel point il serait difficile de changer de nom. Ou même si c'est nécessaire, avoua-t-elle. Je gagne bien ma vie et j'ai un peu d'argent de côté, mais je ne peux pas rester sans emploi pendant six mois.

Elle l'étudia en repoussant les couvertures de ses épaules, réalisant qu'elle était maintenant assise sur ses genoux, une situation nouvelle pour elle, mais qu'elle aimait bien. Il avait l'air un peu préoccupé, comme s'il réfléchissait à la manière de la faire disparaître.

— Et la police ? demanda-t-elle à Logan. Nous devons leur dire quelque chose. Mais il est difficile d'imaginer que des réseaux comme celui-ci parviennent à opérer dans la ville sans que les forces de l'ordre ne soient au courant.

Il pencha la tête, sa bouche formant une ligne sinistre.

Elle détestait l'idée que la police soit impliquée, ou du moins qu'elle en soit informée et qu'elle ferme les yeux. Elle voulait croire qu'ils étaient honnêtes et qu'ils se démenaient pour le bien des citoyens de la ville.

Elle regarda autour d'elle dans la chambre d'hôtel.

— Pourquoi Boston ? Je pensais que le trafic se ferait dans des endroits comme la Floride, le Texas ou la Californie.

Il acquiesça.

— C'est le cas. Le fait est que les réseaux de trafiquants d'êtres humains opèrent dans la plupart des États.

Après cette déclaration, elle s'affaissa contre son torse, ne voulant pas s'éloigner de son contact, sa présence étant si apaisante, si rassurante. Il était grand, fort et indomptable, et elle n'arrivait pas à imaginer que quelqu'un comme Colin songe à l'enlever à Logan. Personne n'aurait envie de provoquer la colère de Logan.

Colin était une fouine. Il se faufilait derrière les gens. Elle avait encore du mal à croire qu'elle avait été transportée dans une valise. Sa mère se moquait d'elle quand elle était petite, parce qu'elle lui avait dit qu'elle pouvait l'emmener faire le tour du monde n'importe quand et n'importe où dans une valise. C'était une blague à l'époque. Ce n'est qu'à présent qu'Alina se rendait compte à quel point ce n'en était pas une. Cela lui avait ouvert les yeux sur le monde qui l'entourait, en lui montrant à quel point il pouvait être louche.

Pour la première fois, elle prenait conscience de la vulnérabilité des femmes célibataires. Cela n'excluait pas que les femmes mariées soient victimes, mais les célibataires l'étaient beaucoup plus facilement, surtout lorsqu'elles vivaient seules. C'était une raison de plus pour considérer l'offre de Caroline. Au moins, Alina ne vivrait pas seule, pas pendant un certain temps.

Mais elle ne voulait pas renoncer à son indépendance par peur. Elle voyait bien que c'était un pas dans une direction qu'elle ne souhaitait pas prendre. Elle aurait préféré être en mesure de réduire Logan à un elfe de poche pour le garder avec elle pour toujours – comme si elle avait besoin de cette couverture de survie qu'il lui avait si généreusement fournie jusqu'à présent. Une partie d'elle savait que c'était mal. Mais la partie qui avait été kidnappée et attachée à un lit pendant plusieurs jours s'en fichait éperdument. Elle ferait beaucoup pour garder cet homme près d'elle. Il l'avait sauvée une fois. La question était de savoir s'il serait disposé à recommencer.

LOGAN ÉTAIT CAPABLE d'imaginer la réaction de Levi. D'autant plus qu'il avait déjà parlé de mettre une chambre d'amis à disposition dans la maison. Ce n'était pas du tout ce qu'il avait prévu. Mais en même temps, une disparition dans ce cas ne serait pas une mauvaise idée. Est-ce que c'était quelque chose qu'ils pouvaient envisager ? Il avait conscience que c'était possible. Ce n'était certainement pas si difficile. Ils pourraient engager une société pour venir nettoyer sa maison, donner les meubles qu'elle aurait abandonnés derrière elle. Il suffirait de l'emmener avec eux sur un aller simple pour le Texas. Le fait qu'elle veuille s'installer là-bas était une coïncidence, mais il savait que le reste de ses amis diraient que c'était la magie de Levi qui opérait. Mason, s'il l'apprenait un jour, hurlerait de rire. Mais il tapoterait aussi l'épaule de Logan.

Il n'était pas contre l'idée d'aller de l'avant. Il était d'accord pour laisser ces connards derrière lui et partir avec elle. Elle ne devrait pas avoir à passer le reste de sa vie à regarder par-dessus son épaule. Il sortit la carte de l'inspecteur Easterly de sa poche et envoya un message.

— J'espère qu'Easterly est sur le point de trouver les trois autres hommes impliqués et les femmes disparues. Ensuite, Harrison et moi souhaitons être impliqués lorsqu'ils démantèleront ce réseau, et vite.

Elle le dévisagea.

— Ici, je suis en sécurité, bien au chaud et bien nourrie.

Elles pourraient être blessées en ce moment même. Ou mortes.

Il lui frotta les épaules.

— Au moins, nous savons maintenant qu'il y a d'autres filles. Concernant celles dont Colin était responsable, la police a leurs papiers d'identité pour leur mettre la main dessus. Quelqu'un sait où elles se trouvent.

Elle se redressa quelque peu en entourant sa poitrine de ses bras.

— Une partie de moi veut que tout ce cauchemar cesse. J'ai envie de fuir et de ne plus jamais m'en souvenir.

— C'est compréhensible, mais il ne s'agit pas que de toi.

Elle fronça les sourcils.

— Mais ne pouvons-nous pas faire quelque chose de plus à ce sujet ?

Il sourit.

— Harrison est dehors en ce moment, il vérifie avec Levi, il étudie les actions à mettre en place. Nous ferons ce que nous pourrons pendant que nous sommes ici.

Lorsque la porte s'ouvrit, Harrison rentra, le visage sérieux et déterminé.

— Levi a envoyé un lien et un accès à la documentation sur le serveur.

Il désigna l'ordinateur portable posé à côté de Logan.

— Allume-le. Ils ont cartographié les emplacements des femmes, leurs emplois, et nous ont donné un JPEG de tous leurs visages. D'après Ice, toutes les filles sont du même type.

Logan se leva et mit doucement la jeune femme de côté. Elle se redressa pour demander :

— Qui est Ice ?

— Une amazone blonde. Une ancienne pilote d'hélicoptère des Marines avec qui nous travaillons, expliqua

Harrison sans même considérer Alina, mais en regardant Logan démarrer l'ordinateur portable et se connecter au serveur.

En utilisant le code que Levi lui avait envoyé, Logan fit apparaître les fichiers. Une fois entré, il ouvrit la carte, et ils remarquèrent que Colin avait chassé localement. Il tapota l'écran et dit à Alina :

— Viens voir.

Elle s'approcha et observa par-dessus son épaule.

— Oh, mon Dieu ! C'est tellement effrayant quand on le voit comme ça.

— Les points rouges sont les endroits où les femmes vivaient. Les points bleus sont ceux où elles travaillaient. Les points rouges sont dispersés, mais toujours dans la région de Boston. Mais les bleus ont été rassemblés dans quatre zones spécifiques.

L'hôpital où travaillait Alina avait des points. L'université en avait plusieurs. Une grande maison de retraite en avait plusieurs autres. Et le dernier semblait être un autre centre médical.

Elle s'assit à côté de Logan.

— En supposant que Colin ait été associé à ces lieux, cela lui a permis d'y circuler librement pour choisir ses victimes.

— Oui.

Logan ouvrit sa messagerie et envoya la carte à l'inspecteur Easterly. Tout ce qu'ils étaient en mesure de faire pour aider l'enquête était une bonne chose. Il jeta un coup d'œil à Harrison et demanda :

— Ont-ils trouvé un lien entre les femmes, autre que les endroits où elles travaillaient, vivaient, et leur apparence générale ?

— Non. Mais elles ont été repérées sur leur lieu de travail.

Harrison mit un peu de café à chauffer puis déclara :

— Un autre dossier contient les renseignements pour chacune des disparues. Ice a également établi une chronologie, afin que nous soyons en mesure de déterminer depuis quand elles ont été enlevées et combien de temps s'est écoulé entre la prise de chacune d'entre elles. Même s'ils ont tué Colin, cela ne signifie pas qu'il n'y a pas d'autres personnes qui recherchent les filles. Quelqu'un d'autre, comme le frère décédé, est aussi susceptible de collecter des femmes.

— Nous devons contacter Easterly ou Levi. Découvrir si la police a des pistes sur les causes de la mort de Joe Lingam.

— Mais nous savons qu'on lui a tiré dessus, souligna Alina. Peut-être par les mêmes personnes qui ont ouvert le feu sur Colin ?

— Peut-être, mais cela pourrait n'avoir aucun rapport. C'est difficile à dire.

— J'envoie un message à Levi pour le savoir, annonça Harrison.

Logan ouvrit les autres dossiers. L'un d'eux contenait les éléments de l'affaire. Un autre une chronologie, qu'il vérifia en premier. Ils enlevaient une femme tous les trois ou quatre mois. Ce qui signifiait que beaucoup d'entre elles avaient disparu depuis des années. Il jeta un coup d'œil à la chronologie.

— Le premier enlèvement remonte à environ quatre ans.

Alina laissa échapper un frisson et se laissa retomber sur le lit. Elle jeta un bras sur ses yeux.

— Je ne crois pas que je souhaite en voir d'autres.

Logan traversa le lit et attrapa sa main, qu'il serra. Lorsqu'il voulut se dégager, elle refusa de la lâcher.

— Nous devons consulter le fichier des personnes disparues pour chacune de ces femmes.

Harrison haussa les épaules.

— Envoie-les-moi sur mon téléphone. Nous pourrons alors les étudier tous les deux.

En quelques secondes, ils s'installèrent et prirent connaissance de l'histoire des femmes kidnappées.

Logan s'empara d'un calepin, laissé par le frère, mais complètement vide, l'ouvrit à la première page et prit des notes au fur et à mesure qu'il lisait.

Chapitre 11

ALINA OUVRIT LES yeux et se rendit compte qu'elle avait dû s'assoupir. Elle se retourna et vit Logan toujours assis à côté d'elle, en train de lire les fichiers sur l'ordinateur. Elle bâilla, se redressa et se laissa glisser hors du lit.

— Comment te sens-tu ? demanda-t-il.

Elle sourit.

— Je n'avais même pas réalisé que j'étais si fatiguée.

Harrison parla derrière elle.

— Tu le resteras probablement pendant quelques jours. Le choc et le traumatisme te rattrapent. Ton corps a besoin de récupérer, et cela prendra du temps.

— Et grâce à vous, je peux me reposer.

Elle se dirigea vers la salle de bain et, après avoir utilisé les toilettes, se lava les mains et examina attentivement son visage. Elle avait encore des égratignures et des bleus, d'un jaune et d'un vert profonds.

Son téléphone sonna sur la table de nuit, et elle retourna dans la chambre pour répondre. C'était sa responsable.

— Bonjour, Selena.

Elle sourit.

— Comment vas-tu ? lui demanda la femme. Je n'arrivais pas à dormir et je pensais à toi. Je ne peux pas imaginer ce que tu traverses encore. Es-tu de retour chez toi ? Es-tu sûre que tu ne devrais pas être encore à l'hôpital ?

— Non, ma place n'est pas à l'hôpital, assura-t-elle à Selena. Mais je dois admettre que je ne m'adapte pas aussi bien que je l'espérais.

— Si tu as besoin de plus de temps, dis-le. Ce serait compréhensible. Maintenant, quand quelqu'un manque le travail, je m'inquiète immédiatement. Par exemple, Tracy Evans. Elle n'est pas venue aujourd'hui. Je suis sûre qu'elle va bien. Mais sachant ce qui t'est arrivé, ça me rend un peu paranoïaque.

— Je suis sûre qu'elle ne se sent pas bien. Elle manque le travail presque une fois par mois.

Selena avait l'air d'aller mieux à la fin de l'appel.

Lorsque Alina rangea son téléphone, elle se tourna vers Logan, qui lisait toujours des documents.

— Vous avez trouvé quelque chose d'intéressant dans les dossiers des femmes ?

Logan leva les yeux.

— Quelques similitudes de base. La taille et l'âge, le type de corps – le fait que dix des femmes aient été enlevées en allant ou en revenant du boulot aide, mais pas de manière significative. Elles ont probablement été traquées, choisies. Les hommes ont sans doute essayé de s'approcher d'elles, et, en fonction des réactions de ces dernières, les ravisseurs ont déterminé s'ils allaient les enlever à leur domicile ou sur leur lieu de travail. Tous les trois ou quatre mois, une femme est portée disparue.

Alina secoua la tête.

— Alors, parce que vous m'avez sauvée, ça signifie qu'ils sont en train d'en chercher une autre en ce moment même ?

— C'est tout à fait possible. Il n'y a aucun moyen de savoir qui d'autre serait visé. Les camarades de Colin sont susceptibles d'avoir un grand nombre d'éclaireurs à la recherche de victimes potentielles.

Harrison parla de l'autre côté.

— Et pourtant, ils garderaient le cercle assez petit, soudé, et très bien payé. Trop d'hommes sont à même de causer des problèmes. Et les chefs du réseau auront des preuves des filles qu'ils ont kidnappées, au cas où quelqu'un déciderait de se retirer. Dans ce genre de métier, il n'y a pas de répit. Ce qui nous amène au dossier de Joe Lingam. Levi a parlé à Easterly. Ils n'ont aucune piste. Ils pensent qu'il s'agit d'un trafic de drogue qui a mal tourné.

Elle acquiesça.

— Je suppose que la police est en train de former une force opérationnelle, maintenant qu'elle sait que toutes ces affaires sont liées.

— C'est la perspective la plus probable. Mais il sera difficile d'avertir toutes les femmes ayant ce type de corps afin qu'elles se méfient.

Alina fronça les sourcils, son esprit revenant à sa récente conversation avec Selena.

— Ou alors ils ont déjà la prochaine.

Rapidement, elle les mit au courant de son appel téléphonique.

Logan saisit « Tracy Evans » sur Google et chercha une image. Alina se pencha sur son épaule.

— C'est elle. Elle a la même taille et la même morphologie que moi, ajouta-t-elle douloureusement. Mais comment ont-ils réussi à attraper quelqu'un si vite ?

— Probablement parce qu'elle correspond au profil. C'est vraiment inquiétant.

Logan prit son téléphone et appela le détective. Il lui expliqua qui était cette femme et ajouta :

— Normalement, ce ne serait pas si inquiétant, mais elle

mesure un mètre soixante-cinq et est menue.

Elle vit le soulagement dans son regard.

— Il va s'en occuper, assura Logan à Alina.

Elle acquiesça.

— Vous avez faim ?

Les deux hommes consultèrent leur montre.

Harrison rit.

— Elle n'aura pas de mal à se fondre dans la masse.

Alina se tourna vers Logan.

— Quelle masse ?

— D'autres femmes que nous connaissons. Je t'en ai déjà parlé. (Il s'esclaffa.) Allons dîner. Une pause nous fera du bien.

— C'est peut-être parce que vous ne m'avez pas donné à manger, ou c'est le stress, mais j'ai faim, dit-elle en se levant et en ramassant son pull. On commande ou on peut aller au restaurant ?

— On devrait pouvoir s'asseoir dans un restaurant.

— Cool. Où ?

Les hommes se levèrent et prirent leurs vestes. Logan répliqua :

— Qu'est-ce que tu veux ?

Elle passa son bras dans le sien.

— Je m'en fiche, tant qu'il y a beaucoup de nourriture.

Il poussa un jappement de rire et ouvrit la porte de l'hôtel. Ils sortirent tous les trois.

Dans la voiture, Alina demanda :

— Tu penses que Tracy a été kidnappée ? Par les mêmes personnes ? Et si c'est le cas, comment auraient-ils su pour elle ? À moins qu'ils ne l'aient repérée plus tôt, comme avec moi.

Logan resta silencieux, mais Harrison prit la parole.

— Si Tracy a été enlevée selon un certain quota après ta libération, les ravisseurs ont un délai à respecter. Ou alors, s'ils ont déjà accepté un paiement pour elle…

Alina sentit ce coup de poing dans ses tripes.

— Il est difficile d'admettre que, parce que j'ai été sauvée, quelqu'un d'autre va souffrir.

Jetant un coup d'œil par la fenêtre, elle réalisa qu'elle n'avait aucune idée de l'endroit où ils se trouvaient.

— À quelle distance se trouve l'appartement de Colin ?

Logan se retourna et la considéra.

— Seulement quelques minutes, pourquoi ?

— Vous l'avez fouillé ?

Ils secouèrent la tête, et Logan répondit :

— Pas en profondeur. La police est arrivée trop vite pour qu'on en ait l'occasion.

Elle se réinstalla dans son siège.

— Même si je suis affamée, nous devrions vérifier. Il devait avoir une liste de noms de ses victimes potentielles. S'il y a une chance qu'elle soit encore dans son appartement, nous devrions la chercher.

Les deux hommes échangèrent un regard et haussèrent les épaules. Harrison dévia le véhicule dans la rue secondaire suivante en disant :

— Une demi-heure, pas plus.

— Je vais contacter le détective pour lui demander la permission, annonça Logan en sortant son téléphone.

Elle sourit, satisfaite de la tournure des événements. Elle entendait Logan parler sur le siège avant, mais pas assez clairement pour comprendre la conversation.

À l'immeuble de Colin, il n'y avait plus aucun signe de la présence de la police. Sur le trottoir, elle se força à avancer. Elle ne voulait pas être là, mais il fallait qu'ils jettent un œil.

Harrison frappa à la porte du logement. Même s'ils avaient l'autorisation d'entrer, cela ne signifiait pas que quelqu'un d'autre n'était pas à l'intérieur.

Debout derrière les hommes, elle se surprit à hyperventiler. Elle avait été idiote de penser qu'elle était capable de faire ça.

Tandis que Harrison sortait un petit outil et ouvrait rapidement la porte, elle glissa sa main dans celle de Logan. Lorsqu'il lui serra les doigts, elle se sentit immédiatement mieux. Elle était peut-être de retour à l'endroit où elle avait été retenue captive, mais elle n'était plus seule, et les circonstances étaient très différentes.

À l'intérieur de l'appartement, Harrison fit un rapide tour pour s'assurer qu'il n'y avait personne d'autre, puis ils se séparèrent. Elle se dirigea d'abord vers la cuisine. Colin avait du café et de la nourriture. Mais seulement pour lui. Pourquoi dépenser de l'argent pour ses besoins à elle ?

Elle pouvait voir des signes indiquant que la police avait fouillé les lieux, mais elle ne savait pas s'ils avaient mis la main sur quelque chose d'utile.

Elle commença par le placard du bas. Elle passa en revue chaque étagère et son contenu avec le plus grand soin. Elle ne l'imaginait pas se donner trop de mal pour cacher quelque chose. Il était paresseux. C'était de l'argent facile pour lui. Les étagères du bas étaient vides. Elle parcourut tous les tiroirs. L'un d'entre eux était intéressant, notamment parce que quelque chose était coincé au fond. Elle le sortit et le porta jusqu'à la table de la cuisine. Au fond, il y avait un petit carnet. Noir et large de quelques centimètres.

Elle le prit pour y jeter un coup d'œil. Il était difficile d'en comprendre le sens jusqu'à ce qu'elle arrive à son propre nom. Il n'était pas complet, uniquement ses deux premières initiales et son nom de famille. Il y avait son adresse, son lieu de travail et une date remontant à six mois.

Lorsqu'elle vit la coche en dessous, son sang se glaça. De toute évidence, elle figurait sur une liste et avait été marquée comme étant accomplie. Mais en dessous de son nom, il y avait plusieurs autres coches. Elle se leva et courut vers Logan. Il se retourna quand elle entra en lui tendant le calepin pour qu'il le regarde.

— Où l'as-tu trouvé ? demanda-t-il.

— Il était coincé au fond du tiroir de la cuisine. J'ai dû enlever complètement le tiroir pour y accéder.

Harrison s'approcha et lut le nom sous le sien.

— Connais-tu l'un des noms en dessous du tien ?

Elle parcourut le reste de la page et secoua la tête.

— Non, je ne les connais pas.

Logan déclara :

— Nous devrions transmettre cela à la police tout de suite. Ils contacteront ces femmes et verront si elles sont toujours en sécurité.

Il tourna la page et trouva quatre autres noms.

Le doigt d'Alina s'élança et poignarda le dernier de la liste.

— Tracy Evans.

Elle haleta.

— Je n'arrive pas à croire que son nom soit là.

Les deux hommes échangèrent un regard et sortirent leur téléphone. Une fois de plus, elle se sentait inutile. Effrayée par ce qu'elle avait mis au jour. Espérant au-delà de toute espérance que les autres femmes étaient peut-être en sécurité. Elle retourna dans la cuisine pour finir de fouiller ce tiroir, puis commença à ouvrir les autres placards.

Elle en trouva un avec une boîte pleine de clés et une

sacoche à l'intérieur. La police aurait fouillé cette dernière à la recherche de tout ce qui était endommagé. Elle la sortit et vérifia. Elle était trop petite pour contenir un ordinateur portable, mais elle avait vu des jeunes de l'université porter des sacoches de ce type. Elle y jeta un coup d'œil rapide, mais elle était vide. C'était pour cela qu'il était encore là, de toute évidence. Elle passa en revue le reste de la cuisine et ne dénicha rien d'autre.

Elle se dirigea vers le placard de l'entrée et l'ouvrit. Encore du bric-à-brac, une serpillière et des balais. Ce qui la surprit vraiment, car il ne semblait pas faire le ménage lorsqu'il était ici. Sur l'étagère du haut, il y avait du détergent, et au-dessus, d'autres produits de nettoyage.

N'ayant plus rien à vérifier, elle retourna dans le salon. Les hommes étaient toujours sur leurs téléphones. Elle alla dans la salle de bain et la vérifia minutieusement, puis se rendit dans la chambre à coucher. Elle se souvenait de tous les mouvements de Colin lorsqu'il l'ignorait. Il avait ouvert les tiroirs de la table de nuit et de la commode, ainsi que le placard, pendant qu'elle était allongée ici. Elle vérifia les deux tables de chevet, mais il n'y avait rien. Elle regarda dans l'armoire, mais il n'y avait rien non plus. Elle avait conscience qu'il ne devait plus rien s'y trouver. Après tout, la police était déjà passée par cet appartement.

Le matelas avait été soulevé, vérifié minutieusement et manifestement lâché. Il était sur son cadre, sur le sommier, mais de travers. Elle se mit à quatre pattes et vérifia le dessous, mais ne vit rien. Le lit étant sur roulettes, elle le saisit à l'arrière et le tira vers la porte pour examiner derrière la tête. Une partie du cadre tomba. Lorsqu'elle essaya de l'attraper, elle chuta jusqu'au sol. Une enveloppe était collée au dos.

Elle regagna le salon en courant. Logan avait terminé son appel.

— Viens voir ce que j'ai découvert.

De retour dans la chambre, elle lui montra la tête de lit.

Il jeta un coup d'œil dans la pièce.

— Tu as déplacé le lit ?

Elle acquiesça.

— Je l'ai écarté du mur. La police avait manifestement bougé le matelas et déjà relevé les empreintes sur la tête de lit. De toute façon, on peut voir de la poussière d'empreintes digitales partout. Quand je l'ai éloigné du mur, la tête de lit est tombée. (Elle désigna le sol.) Et cette enveloppe était collée derrière.

Il sortit son portable et prit plusieurs photos, puis retira l'enveloppe 9x12. Il retourna dans le salon et la brandit pour que Harrison soit en mesure de la voir.

Harrison parla au téléphone :

— Je te rappelle. On dirait qu'on a aussi trouvé une enveloppe cachée.

Il rangea son mobile.

— Débarrassons la table basse et vidons le contenu sur une surface lisse.

C'étaient des photos. Beaucoup de photos. La plupart étaient des clichés de femmes. Celles-ci se trouvaient toutes dans la chambre ou dans la valise, preuve que c'était Colin qui les avait prises. Celles qui étaient attachées étaient ensanglantées, meurtries.

Aucune n'était Alina. Elle s'assit et dit :

— Je suis tellement reconnaissante de ne pas faire partie de cette sale collection. (Elle baissa la tête.) Qu'est-ce qui ne va pas chez moi ? Je devrais plutôt me sentir mal pour les autres femmes.

— Toutes ces filles sont inconscientes. Ce sont des réimpressions. Et si tu n'es pas là, nous avons l'espoir que, pendant que tu étais dans les vapes, il ne préparait pas d'autres choses.

Il montra le cliché d'une femme nue, manifestement ligotée et inanimée.

Alina se mit la main sur la bouche et branla du chef.

— Oh, mon Dieu !

Elle entoura son ventre de ses bras et fit les cent pas dans le petit appartement.

Logan aligna les photos et identifia la plupart des visages grâce aux fichiers auxquels Levi avait eu accès. Logan observa à l'intérieur de l'enveloppe et trouva un autre cliché. Il le sortit et le déposa sur la table, à côté des autres. Il s'agissait d'une photo d'hommes.

Harrison la prit et l'étudia.

— Et pourquoi a-t-il ça ici ?

Logan regarda.

— Chantage. Au cas où les choses tourneraient mal, il avait cette photo avec toutes les femmes.

— Donc, si on arrive à identifier les types sur ce cliché…

Alina revint vers eux.

— Combien sont-ils ?

— Quatre. Et si je ne me trompe pas, ils me sont familiers. Comme les meneurs qui ont été libérés et qui ont disparu. Mais la photo est plus ancienne, donc il faudrait confirmer mon identification.

Harrison la considéra avec respect.

— C'est une très bonne découverte.

Elle acquiesça, mais n'eut pas envie de sourire.

— C'est aussi horrible. Certaines de ces femmes n'ont même pas l'air d'être en vie.

Logan saisit plusieurs clichés et les retourna.

— Noms et dates. Probablement le moment où il les a ramassées.

— Et quelque chose d'autre. Un numéro. Celui-ci indique seize, ajouta Harrison.

— C'est la victime numéro seize ? demanda-t-elle. Ou bien a-t-il été payé seize mille dollars ?

Logan secoua la tête.

— Il est trop difficile de dire ce que le nombre représente.

Il les vérifia toutes. Elles étaient toutes numérotées.

— Les deux premières ont plus d'informations. Celle-ci indique « huit mille, Jason ». La seconde, « dix mille, Lance ». Deux des prénoms des quatre trafiquants présumés. Il est tout à fait possible qu'au début, ces types aient payé Colin directement. En tout, il y a quatre noms d'hommes différents, correspondant aux quatre que nous recherchons. Les autres ne comportent pas de noms. Il y a quatorze photos, chacune d'entre elles représentant une femme différente. Au moins, nous savons que c'est le nombre de filles que nous recherchons. Je craignais que les quatorze sacs à main n'appartiennent en réalité qu'aux dernières qui ont disparu.

— Encore une fois, c'est une preuve de plus qu'il était impliqué. Mais j'espère que ces clichés seront vraiment exploitables.

Harrison les aligna soigneusement, les photographia et les remit dans l'enveloppe.

— Nous devrions les apporter à la police.

Il s'arrêta et observa Alina.

— As-tu l'impression d'avoir bien regardé, d'avoir trouvé tout ce qu'il y avait à trouver ?

Elle branla du chef.

— Je n'ai pas vérifié sa commode.

Elle retourna en courant dans la chambre, encouragée par les deux éléments qu'elle avait dénichés. Dans les deux cas, ce serait extrêmement utile. Ils passèrent en revue tous les tiroirs, les sortirent tous, les vérifièrent à l'intérieur, autour et en dessous, mais il n'y avait rien de plus.

À la fin, elle demanda aux hommes d'éloigner la commode du mur en disant :

— J'ai trouvé l'enveloppe en déplaçant la tête de lit, et le panneau arrière est tombé. Peut-être que le dos de ce meuble se détache aussi.

Les gars s'exécutèrent et retirèrent délicatement l'arrière de la commode. Il correspondait à celui de la tête de lit, il fallait donc vérifier. Une fois le dos enlevé, ils ne mirent la main sur rien d'autre.

N'étant toujours pas prête à partir, elle se dirigea vers la table de nuit, enleva les objets qui s'y trouvaient et la retourna pour la mettre sur le côté, sur le lit. Elle la vérifia, mais ne découvrit rien.

Harrison prit l'autre et fit de même. Elle retourna à la tête de lit, toujours sur le sol, et vérifia qu'ils n'avaient rien oublié. Finalement, elle se leva et lança :

— Je ne pense pas qu'il y ait autre chose ici.

Les deux hommes acquiescèrent, et Harrison ajouta :

— Et nous sommes d'accord avec ça.

Logan tendit une main pour saisir la sienne.

— Allons-y. On va déposer ça au poste de police, puis on ira chercher la nourriture qu'on t'a promise.

Elle lui adressa un sourire reconnaissant.

— Au moins, j'ai l'impression d'avoir mérité un repas. Je ne pouvais pas supporter l'idée qu'une autre femme soit portée disparue, et que je sois au chaud, libre et nourrie alors qu'elle était probablement attachée à un lit. Elle l'est probablement encore, mais peut-être que maintenant nous sommes en mesure de lui mettre la main dessus.

— Ce que nous pouvons confirmer, c'est qu'elle a été enlevée par le même groupe de trous du cul. Et son temps sera bientôt écoulé.

AU COMMISSARIAT, LOGAN garda son bras autour d'Alina. C'était ça ou la laisser faire les cent pas jusqu'à ce que ses chaussures soient trouées.

Pour beaucoup de gens, entrer dans un poste de police était déconcertant. Dans son cas, c'était totalement compréhensible. Mais il pensait que c'était surtout la prise de conscience du fait qu'une autre femme avait été prise à sa place. Jusqu'à présent, elle avait manifesté une étonnante résistance. Il voulait qu'elle tienne bon encore un peu.

Ils devaient rencontrer les forces de l'ordre, et Logan veillerait à ce que ce soit le plus court possible. Ensuite, ils iraient au restaurant, la nourriraient et la ramèneraient à l'hôtel. Il espérait qu'elle s'endormirait facilement. Mais il n'était pas sûr que ce soit possible ce soir-là.

La nuit précédente, elle avait dormi, mais c'était plutôt à cause de l'épuisement physique. Il savait qu'elle se sentait encore incroyablement endolorie, mais apparemment, elle était du genre à ne jamais se plaindre. Et comme elle n'avait pas d'ordonnance, elle soignait ses blessures sans analgésiques. Il la respectait d'autant plus.

Après avoir demandé l'inspecteur Easterly, ils furent escortés jusqu'à une table dans une petite pièce. Ils prirent place d'un côté et attendirent. L'inspecteur arriva rapidement avec un bloc-notes. Lorsqu'ils lui montrèrent tout ce qu'ils avaient découvert, il secoua la tête.

— Je n'arrive pas à croire qu'on ait raté tout ça.

Mais quand ils lui expliquèrent où les objets avaient été trouvés, cela aida à calmer sa colère.

Alors qu'ils remettaient le tout, Logan dit, en tapotant la photo avec les gars :

— Nous pensons que ce cliché des quatre hommes est lié à toutes ces femmes photographiées individuellement. Nous supposons qu'il s'agit du groupe de kidnappeurs et que ces filles étaient leurs victimes. Mais nous devons en trouver la preuve.

Il étala les photos des femmes.

— Les premières ont des noms d'hommes au dos. Nous espérons vraiment que cela a quelque chose à voir avec ces visages masculins. Si nous avons de la chance, ces noms nous aideront à les identifier. Beaucoup de clichés n'ont pas ce type d'informations au verso.

L'inspecteur Easterly passa rapidement en revue les photos, puis observa Alina.

— Aucune ne vous représente.

Il considéra chaque homme avec un regard dur, comme s'il imaginait qu'ils l'avaient volée pour la protéger.

— Je ne me souviens pas qu'il en ait pris. Je ne l'ai jamais vu avec un appareil photo. (Elle secoua la tête.) Il y a des chances qu'il prenne ses photos et qu'il les fasse imprimer ensuite. Il n'a pas eu le temps avec moi.

L'inspecteur reporta ses yeux sur les clichés et acquiesça.

— C'est possible. (Il reprit le carnet et branla du chef.) Tant de femmes.

— Et sous mon nom, il y a une coche, dit-elle avec amertume. C'est bien de savoir qu'il gardait une trace.

Logan se pencha en avant et tapota le nom tout au bout.

— Cette femme est celle pour laquelle je vous ai appelé. Elle ne s'est pas présentée à son poste à l'hôpital. Malheureusement, nous craignons qu'elle ait été enlevée à la place d'Alina.

Le policier hocha la tête.

— Vu sa stature physique et sa taille similaire… c'est très probable. La police scientifique s'est penchée sur la valise et a trouvé des cheveux et, dans certains cas, du sang. Il y a aussi des cellules épithéliales. Cela va prendre du temps, mais nous allons faire toute la lumière sur cette affaire. (Il jeta coup d'œil à Alina.) Où séjournez-vous ? Et vous avez repris le travail ?

Elle secoua la tête un peu trop violemment pour l'occasion, pensa Logan. Il lui attrapa la main pour l'aider à se calmer. Elle prit une grande inspiration.

— J'ai passé la première nuit chez moi. Les gars étaient avec moi pour s'assurer que je puisse dormir, mais je ne suis plus en mesure de rester là-bas, expliqua-t-elle. Regardez ce qu'ils viennent de faire. Colin a menacé de s'en prendre à moi. Mais maintenant qu'ils ont Tracy, j'ignore s'ils en ont toujours après moi ou non. Je veux partir. Je veux que tout cela disparaisse.

Le visage du policier s'adoucit.

— Je suis désolé de ce qui vous est arrivé. Nous nous efforçons de résoudre ce problème.

Elle tendit les deux mains et s'accrocha à Logan.

— Je peux quitter la ville ? Aller au Texas et rester avec une amie là-bas ? (Elle observa le policier avec espoir.) J'ai tellement peur. Je ne veux plus être seule. Je n'ai personne ici.

Le policier fronça les sourcils.

— Je comprends que vous ayez besoin de vous éloigner…

Logan intervint :

— À moins, bien sûr, que vous ne soyez en mesure de la surveiller 24 heures sur 24 ?

Il n'y avait pas de budget pour cela.

— Sinon, nous sommes disposés à l'escorter jusqu'au Texas et à l'installer chez son amie là-bas. Elle devrait pouvoir se construire une nouvelle vie et, espérons-le, oublier celle-ci. Elle pourra reprendre l'avion pour le procès.

L'inspecteur Easterly plissa les yeux en fixant les nouvelles preuves devant lui.

Alina serra fortement les doigts de Logan, comme pour le remercier.

Harrison ajouta doucement :

— Bien sûr, nous ne partirons pas tout de suite.

L'inspecteur Easterly leva les yeux et acquiesça.

— Vous avez trouvé beaucoup d'informations très utiles. Cela ne fait pas plaisir à tout le monde ici. Mais nous devons mettre la main sur ces femmes disparues, et vite. Se préoccuper des egos n'est pas mon rayon en ce moment.

Logan sourit.

— Nous comprenons. Nous ferons ce que nous pourrons pendant que nous sommes ici.

— J'ai demandé à Artie de retrouver l'adresse de la femme. Nous avons envoyé une patrouille là-bas, mais elle ne répond pas à sa porte. Maintenant que je vois le nom de Mme Evans ici, nous allons supposer le pire. Nous allons mener une perquisition dans son appartement.

Logan leva ses yeux perçants et fixa Alina.

— Penses-tu à une autre personne susceptible d'avoir été impliquée ? Y a-t-il une chance que quelqu'un avec qui tu travailles ait aidé Colin ?

Elle secoua la tête.

— Je ne peux pas l'imaginer. Je n'ai jamais songé à ce que Colin faisait. Je ne l'ai jamais aimé, mais je ne croyais pas qu'il était capable…

Le regard du policier se rétrécit avec intérêt.

— Combien de fois l'avez-vous vu, et comment a-t-il essayé de vous approcher ?

— Il me proposait sans cesse des rendez-vous, mais je refusais toujours. Puis, le jour où j'ai été kidnappée, je suis allée chercher un café à la cafétéria. C'était après mon service, et il était là, alors je me suis assise avec lui. (Elle haussa les épaules.) Honnêtement, je ne me souviens de rien après ça.

Le policier acquiesça.

— Il y a des chances qu'il ait drogué votre café.

— Parce qu'on m'a enlevée à l'hôpital où je travaillais, dit-elle d'une voix tremblante. Je ne veux pas y retourner. Ma seule préoccupation serait de regarder par-dessus mon épaule.

Logan souhaitait ajouter quelque chose, mais il avait conscience que cela ne servirait à rien. Qu'elle aille ou non dans cet établissement n'aurait plus jamais d'importance. Il lui faudrait beaucoup de temps pour cesser de regarder par-dessus son épaule. Il avait connu plusieurs personnes qui avaient été kidnappées, et l'une des choses qu'elles ressentaient toujours était l'impression d'être de nouveau en danger. Elles avaient en permanence ce sentiment de devoir surveiller leurs arrières pour s'assurer qu'elles étaient en sécurité.

Elle jeta un coup d'œil aux deux autres hommes.

— Mais je me sentirai beaucoup mieux lorsque toutes ces femmes disparues seront retrouvées, en particulier Tracy.

C'est la plus récente, et elle devrait être la plus facile à retrouver, non ?

À ce moment-là, le téléphone du détective sonna. Il décrocha, et les autres attendirent qu'il termine l'appel.

— C'était la patrouille. Ils sont à l'appartement en ce moment même. La porte était ouverte. La serrure présentait des signes d'effraction. Aucune trace d'elle.

Sur ce, Alina s'effondra en pleurant. Logan la prit dans ses bras.

— Calme-toi. Ce n'est pas ta faute.

— Mais si vous ne m'aviez pas secourue, elle aurait été en sécurité.

Harrison secoua la tête.

— Tu ne peux pas raisonner comme ça. Pour ce que tu en sais, ils avaient l'intention de l'enlever aussi. Son nom est dans la liste.

Elle le considéra fixement, la bouche ouverte.

— Dans quel monde vit-on pour que des femmes soient arrachées à leur foyer et placées dans des valises afin d'être vendues au plus offrant ?

Logan regarda le policier, mais il était en train de téléphoner à quelqu'un.

— L'immeuble a-t-il des caméras de sécurité ? demanda-t-il à Easterly.

Celui-ci sourit à Logan et répondit :

— Donnez-moi quelques minutes. Je vérifie.

Pendant qu'ils patientaient, l'inspecteur se leva et s'excusa. Lorsqu'il revint, il déclara :

— Oui, c'est le cas. Je vais chercher les vidéos tout de suite. (Il se tourna vers Alina.) J'aimerais que vous les visionniez, pour voir si vous reconnaissez la personne qui l'a emmenée hors de son appartement. Bien sûr, je ne suis pas en mesure de vous garantir des images décentes. Mais, simplement au cas où, pourriez-vous attendre que nous puissions regarder ?

Elle se leva d'un bond.

— Oui, je regarderai la vidéo. Tout ce qui peut aider à la retrouver.

Easterly les emmena dans une autre zone, où plusieurs moniteurs étaient installés. Il lui demanda de s'asseoir et, avec Harrison et Logan derrière eux, ils visionnèrent la vidéo. Et bien sûr, un peu plus tôt dans la journée, un homme de grande taille, dos à la caméra, avait fait sauter la porte extérieure et s'était retrouvé en quelques secondes à l'intérieur de l'appartement de Tracy. L'enregistrement n'était pas accompagné de son, ils ne pouvaient donc pas entendre ce qui se passait. Ils firent une avance rapide en attendant que le type sorte. Quand ce fut le cas, ce fut avec une grande valise à roulettes.

— Où l'a-t-il trouvée ? s'étonna Alina.

Logan répondit :

— Il l'a probablement déposée chez elle plus tôt.

Les caméras le suivirent jusqu'aux ascenseurs. Mais il prit soin de ne pas montrer son visage. Il disparut dans un ascenseur. Les caméras passèrent à l'intérieur de la cabine, mais là encore, il ne révéla pas son visage. Ils le suivirent à l'extérieur, mais ils ne purent jamais apercevoir son visage.

Il était pourtant grand. Elle essaya de situer un tel physique, mais ne vit pas de ressemblance avec quelqu'un qu'elle connaissait.

Il s'arrêta dans la rue et pivota vers la première intersection. Il leva les yeux, puis traversa la route.

Logan demanda :

— Avez-vous un moyen de vous connecter aux caméras

de la ville à partir d'ici ?

L'inspecteur Easterly réquisitionna un autre policier. Celui-ci s'assit, changea de programme et fit apparaître sur l'écran de droite la caméra de l'intersection. Bien sûr, elle avait filmé le visage de l'homme qui transportait la valise.

Logan cria :

— Je sais qui c'est.

L'inspecteur Easterly l'interrogea :

— Qui ?

Logan se tourna vers Harrison.

— Tu le reconnais ? De ce matin ?

Harrison acquiesça.

— Oh, oui ! C'est le connard qui nous a donné les boîtes qu'il avait gardées après la mort de son frère. (Il renifla.) C'est John Lingam, terrifié à l'idée de parler à la police, le frère de Joe, dont l'adresse était liée aux quatre trafiquants.

Chapitre 12

EN QUITTANT LE commissariat et en se dirigeant vers le restaurant le plus proche qui les intéressait tous, Alina interrogea Logan :

— Tu en as parlé à Levi ?

Cette fois, elle était sur le siège passager tandis que Logan conduisait.

Il avait manifestement compris sa question énigmatique.

— Pourquoi ?

Elle souleva les épaules.

— Je me demande quand vous allez partir. Et quelle est votre réponse à ma précédente question.

Elle jeta un coup d'œil en direction de Harrison ; il était allongé sur la banquette arrière, les jambes en l'air, en train d'écouter. Elle fronça les sourcils.

— Logan te l'a dit ?

Harrison acquiesça.

— Je ne peux pas dire que je sois surpris.

Ses sourcils se haussèrent.

— Pourquoi ?

— Parce que dans cette situation, je voudrais aussi m'éloigner d'une sacrée distance. Et disparaître, c'est quelque chose que je peux envisager. Ce serait beaucoup plus difficile pour toi sans aide.

C'est alors que le téléphone de Logan sonna.

— Levi, quoi de neuf ?

— L'un des quatre trafiquants s'est rendu à la police, Lance Haverstock. Il a révélé que lui et les deux autres hommes ont tué Colin Fisher et Jason Markham, le type que vous avez trouvé. Les deux autres sont toujours dans la nature. Mais Haverstock raconte une sacrée histoire.

Logan se leva.

— C'est logique. S'occuper des maillons faibles après l'arrestation, s'assurer que les flics ne sont pas en mesure de faire tenir l'affaire.

— Nous ne pouvons pas nous permettre de supposer quoi que ce soit à ce stade. (Levi s'arrêta un moment, puis demanda :) Comment tient-elle le coup ?

— Elle a peur. Elle se sent coupable. Sinon, elle va bien. Elle guérit, mais cela prendra du temps. Elle souhaite disparaître au cas où ils réessaieraient.

— C'est intelligent de sa part. Où veut-elle aller ?

Logan grimaça. Ce n'était pas bon signe.

— Elle a une amie à Houston.

Il entendit Harrison glousser sur la banquette arrière. Et aussi le silence absolu qui régnait au bout du fil chez Levi.

Puis celui-ci éclata de rire.

— Je suppose que mon intuition était la bonne quand j'ai demandé si j'étais censé lui faire une place ici.

— Cela ne devrait pas être nécessaire. Son amie a déménagé de Boston il y a quelques mois. Je suppose qu'elles sont très proches depuis qu'elles sont enfants, mais Alina n'était pas prête à opérer un déménagement aussi radical.

— Et maintenant ?

Le ton de Levi était sec.

— Quel est le programme ?

Sa voix devint vive.

— Je suppose qu'elle doit se débarrasser de ses meubles, que l'appartement doit être vidé et que le bail doit être résilié. Qu'en est-il de son travail ?

— On lui a accordé plusieurs jours de congé, mais elle envisage de leur dire qu'elle n'est pas disposée à reprendre du service après ce qui s'est passé. Je suis sûr qu'ils comprendront et la laisseront partir sans pénalité.

— D'accord. Je vous rappelle.

Alina le regarda ranger son téléphone.

Il souleva les épaules et annonça :

— Il me rappellera.

Elle se pencha vers lui et lui embrassa la joue.

— Merci d'avoir essayé.

Il haussa un sourcil.

— Essayer quoi ?

— D'aider. Même si Levi ne peut rien faire, j'apprécie le geste.

Ils choisirent un restaurant et commandèrent rapidement, Logan étant conscient du besoin d'Alina de manger. Après avoir terminé leur repas et demandé un café, Harrison contacta l'inspecteur Easterly pour obtenir des informations sur le sort de Tracy. Il mit le haut-parleur et posa le portable sur la table pour qu'ils puissent tous entendre la conversation.

— Les hommes ont fouillé les lieux, mais n'ont rien trouvé. Aucun signe de lui ou d'elle.

Le policier était frustré et en colère.

— Nous avons suivi les caméras de la ville, mais il doit avoir une autre cachette où il a pu l'emmener, ou il l'a livrée tout de suite. Nous sommes toujours en train de chercher où il est allé depuis sa dernière position.

Logan prit la parole.

— Assurez-vous de vérifier toutes les propriétés au nom de Joe. Les deux frères avaient beaucoup d'animosité l'un pour l'autre. Bien que Joe ait loué la maison voisine à John, il aurait pu en avoir une autre. Il disposait également de beaucoup plus d'argent que son frère ne le pensait. De plus, John possédait une deuxième résidence dans le district de Melville.

— Si on en croit tout ce qu'il a raconté, ajouta Easterly.

— C'est vrai.

Harrison se pencha en avant.

— Faites-nous savoir comment nous pouvons agir.

Le détective raccrocha, et tous trois se regardèrent. Logan s'inquiétait pour Alina. Son visage avait perdu toute couleur. Bien qu'elle vienne de manger, elle semblait prête à s'évanouir. Il couvrit sa main avec la sienne. Elle ne bougea presque pas. Il jeta un coup d'œil à Harrison et haussa un sourcil. Harrison acquiesça. Ils ne pouvaient pas faire grand-chose à part rentrer à l'hôtel et la mettre en sécurité. Ils demandèrent l'addition.

Une fois celle-ci réglée, Logan aida Alina à se lever. Il lui passa un bras autour des épaules et la conduisit jusqu'à la porte d'entrée.

— Nous devons être sûrs qu'ils la retrouveront.

— J'ai confiance en vous, corrigea-t-elle. Je ne suis pas certaine de faire confiance aux autres.

Il la serra contre lui et la prit dans ses bras. Lorsque Harrison sortit du restaurant, ils se dirigèrent tous les trois vers la voiture. Harrison conduirait cette fois. Ils n'étaient plus qu'à quelques rues de l'hôtel.

Dans le véhicule, Alina demanda :

— Peut-on passer devant chez John ?

Logan grimaça.

— Ça ne va pas nous aider.

Elle le fixait, et les sombres puits d'émotion dans ses yeux l'empêchaient d'argumenter.

Harrison haussa les épaules.

— Pourquoi pas ? Nous parviendrons peut-être à découvrir où elle est. Joe avait une maison à lui, même lorsqu'il vivait chez son frère. John a peut-être hérité d'une propriété de son frère ou utilisé l'argent qu'il a reçu après la mort de celui-ci pour acheter la résidence du district de Melville.

— Tu penses qu'il l'a gardée ?

— Pourquoi pas ? Ce n'est pas comme si le marché avait été très bon pour les vendeurs. Et s'il avait un lien avec les affaires de son frère, c'était peut-être une bonne occasion pour lui de prendre sa place.

— Ce n'est que trois femmes par an pour Colin. Nous ignorons si son frère ne lui en procurait pas plusieurs dans le même temps. Ou peut-être que celui-ci était un coup d'essai ? Ou qu'ils collaboraient. Nous savons qu'ils étaient liés. Peut-être que l'un d'eux était l'éclaireur, et qu'ils ont échangé les rôles pour kidnapper les femmes.

Elle secoua la tête. Sa voix était basse, dure et douloureuse :

— Je sais que plusieurs femmes souffrent en ce moment, et j'aimerais faire tout ce qui est en mon pouvoir pour leur prêter main-forte.

Logan avait ouvert son ordinateur portable et lançait déjà des recherches sur les noms des deux frangins.

— Si c'était tellement évident, la police aurait déjà été là.

— Je ne pense pas que ce soit un criminel endurci. Son frère, oui, dit Alina. J'espère qu'il rentrera chez lui et qu'il emportera son prix. Et s'il devait d'abord aller quelque part ? Et s'il n'était pas tout à fait retourné chez lui ? Et si, une fois qu'il s'est approché, il s'est inquiété en se rappelant que vous l'aviez trouvé puis en se demandant si les flics n'allaient pas venir aussi ? Et s'il avait soudain décidé de se rendre ailleurs ? Sont-ils en mesure de retrouver son véhicule ? Peut-être sait-il que les recherches ont commencé dans toute la ville. Mais qu'en est-il des hôtels ? Quelqu'un les a-t-il vérifiés, en particulier ceux situés entre son domicile et l'endroit où il a été vu pour la dernière fois sur les caméras ? Il y en a plus de deux, j'en suis sûre.

— Joe avait un petit appartement, mais il a été vendu environ six mois après sa mort. Apparemment, il le louait de temps en temps et utilisait les revenus pour vivre tout en restant dans la maison de son frère avec divers amis. Laissez-moi vérifier certains noms.

Un instant plus tard, Logan reprit la parole en lisant les informations qui clignotaient sur l'écran.

— J'ai trouvé une autre propriété inscrite au nom de Lingam avec les noms inversés. Au lieu de John Lingam, c'est Lingam John, et c'est seulement à quelques rues du pavillon où nous étions. Nous en sommes à moins de deux minutes actuellement.

Logan donna rapidement des indications à Harrison, et, en quelques minutes, ils s'arrêtèrent devant une maison délabrée qui semblait déserte. Il y avait plusieurs autres résidences similaires dans le quartier, prêtes à être démolies ou simplement vétustes, comme si les locataires s'en moquaient. La pelouse n'était pas tondue, la porte d'entrée avait besoin d'être repeinte, et les bardeaux du toit remplacés. Peut-être que les locataires n'étaient pas les seuls en cause, mais aussi les propriétaires. Il étudia la propriété, puis passa devant et se gara.

Logan se tourna vers Alina sur le siège arrière.

— Tu veux venir ou rester ici ?

— Je viens, décida-t-elle.

Elle ouvrit la portière et sortit.

Logan fit de même à côté d'elle. Il lui tendit la main et lui prit le bras.

— Tu restes à mes côtés alors.

Il insuffla à sa voix suffisamment de puissance pour qu'elle comprenne qu'elle devait écouter ce qu'il disait.

Elle lui jeta un coup d'œil et acquiesça.

HARRISON MARCHAIT DEVANT, comme s'il n'était pas du tout avec eux. Il se dirigea vers l'entrée et sonna à la porte. Ils se tinrent tous les deux à l'écart. En l'absence de réponse, Harrison se rendit vers l'arrière de la maison.

Le téléphone de Logan sonna. Il le sortit.

Le message de Harrison disait :

Venez de l'autre côté.

Après un rapide tour d'horizon, Logan conduisit Alina sur le trottoir qui entourait la maison. À l'arrière, il vit une cour clôturée. La clôture elle-même semblait en meilleur état que le reste de la propriété.

Harrison se tenait devant la porte et susurra :

— La porte est ouverte.

Les deux hommes froncèrent les sourcils en se considérant l'un l'autre et en évaluant les chances. Logan jeta un coup d'œil à Alina, souhaitant qu'elle ne soit pas avec eux à ce moment-là.

Comme si elle avait saisi le fil de ses pensées, elle lui lança un regard noir.

— Ça va aller. Rentre et vérifie. Assure-toi que l'endroit est sûr.

— Reste ici.

Elle se dirigea vers le coin, hors de vue sous presque tous les angles.

— Bonne idée. Allez chercher. Voyez si elle est là-dedans.

Il monta les marches du porche en courant, et Harrison et lui entrèrent ensemble dans la maison. L'endroit était sombre et vide. Ils balayèrent le premier et le deuxième étage, mais ne trouvèrent rien. Personne n'était venu ici depuis longtemps.

Alors qu'ils s'apprêtaient à quitter le pavillon, un véhicule se gara sur le côté. Harrison saisit le bras de Logan.

— Va voir Alina et fais-la partir d'ici. Je vais rester pour voir qui c'est.

En raison de la position de cette nouvelle voiture, ils n'étaient plus en mesure de sortir par la porte arrière. Ils se glissèrent tous les deux par l'avant, et Logan courut vers l'arrière, attrapa Alina et l'emmena sur le côté de la propriété, là où on ne pouvait pas la voir.

Elle trembla sous le choc.

— Tu l'as trouvée ?

— Non. Un véhicule vient d'arriver, et nous devons t'emmener en toute sécurité.

Elle s'enfonça dans le sol.

— C'est probablement lui. Il faut vérifier si elle est là.

— Les flics sont en route. (Sa voix se durcit lorsqu'il ajouta :) Je dois m'assurer que tu es en sécurité.

Elle leva le menton.

— Tu ne peux pas faire de ma sécurité une priorité par rapport à celle d'une autre femme.

Il lui lança un regard noir.

— Et c'est là que tu as tort. Je ferai tout mon possible

pour te protéger. Je ferai de même pour elle. Mais nous ne sommes même pas sûrs qu'elle soit ici.

— Alors, assure-t'en ! s'écria-t-elle, exaspérée. Mets-moi à l'abri, puis pars.

Il lui adressa un sourire de travers.

— Et où penses-tu être à l'abri ?

Elle réalisa qu'elle devait aller à la voiture. Elle roula des yeux.

— Je vais m'allonger sur le siège arrière. Je promets de ne pas m'asseoir, personne ne saura que je suis là.

Il secoua la tête.

— Si quelqu'un regarde, il sait déjà que tu es là.

Il ouvrit la portière arrière du véhicule de location et l'aida à monter à l'intérieur.

— Reste hors de vue.

Il referma la portière et se retourna pour étudier la résidence.

Harrison s'élança vers lui.

— Vite ! Il se tire. Allons-y !

— Allez, allez, allez !

Logan se précipita vers le côté conducteur de la voiture, appuya sur le déverrouillage quelques secondes avant que Harrison ne plonge dans le siège passager, puis il prit la route à toute vitesse. Il n'était plus question pour eux de rester cachés, ils étaient concentrés sur la poursuite de John. Il s'agissait de veiller à ce que ce connard ne les sème pas.

Logan entendait Harrison appeler la police, mais il ne détournait pas son attention de la circulation devant eux.

— Accroche-toi. Assure-toi que ta ceinture est bouclée, lança-t-il à Alina.

— C'est fait, dit-elle d'une voix presque affolée. Ne le laisse pas s'échapper.

— Je n'en ai pas l'intention.

Harrison annonça :

— Les flics sont en train de mettre en place un barrage routier. L'hélicoptère sera dans les airs dans dix minutes. Au rythme où il conduit, on risque d'avoir un gros accident.

Il pouvait entendre la panique dans les cris d'Alina derrière lui. Il la rassura.

— Pas de notre fait. Ce type conduit de manière incroyablement imprudente. Il veut absolument nous semer en ce moment. Quand nous l'attraperons, il risquera vingt ans de prison.

— Avec un peu de chance, plus, s'emporta Harrison.

Son portable sonna.

Une fois de plus, Logan parvenait à l'entendre parler – sans doute aux forces de l'ordre.

— Nous avons pris deux fois à droite, déclara Harrison en transmettant les instructions au téléphone. Ils nous ont placés sous surveillance satellite maintenant. La demande est de rester sur lui, en espérant le diriger vers l'autoroute, où ils sont en train de déployer un barrage sur la bretelle d'accès.

Logan regarda le véhicule en cavale griller à toute vitesse un feu rouge. Il fut contraint de freiner lorsque le trafic s'accrut entre eux.

Derrière eux, Alina s'écria :

— Il s'enfuit !

— Non, il ne s'enfuit pas, rétorqua Logan. Je le vois encore devant nous.

Même si ce type était malin en négociant plusieurs virages pour semer Logan, il était hors de question qu'il laisse ce connard s'enfuir. Dès que le feu passa au vert, il bondit en avant, prit de la vitesse et dépassa le trafic qui tournait pour apercevoir le véhicule qui le précédait. Gardant l'œil ouvert, il ignora complètement les panneaux de signalisation. Il poussa la petite voiture à pleine allure et gagna lentement du terrain sur le kidnappeur.

— Les flics ne veulent pas que tu sois à ses trousses. Si tu le peux, ils te demandent de rester un peu en retrait.

Harrison se remit à parler à la personne qui était à l'autre bout du fil.

Logan hocha la tête pour indiquer qu'il comprenait. Ce n'était pas si facile. Il relâcha l'accélérateur. Au loin, il aperçut une ouverture entre les véhicules et s'écarta de deux voies.

— Je pense qu'il se dirige vers l'autoroute.

— On dirait bien, abonda Harrison.

Il tapota sur l'ordinateur portable.

— Reste en ligne droite. Si nous parvenons à pousser ce type à tourner à droite, un barrage l'attendra.

— Il semble qu'il est sur le point de prendre le virage à droite…

Au dernier moment, la voiture en fuite négocia un virage à droite et s'engagea sur la bretelle d'accès. Logan, plus loin derrière, obliqua plus facilement. Ils se dirigeaient vers un barrage routier.

— Il ne ralentit pas ! s'exclama Logan en voyant le véhicule accélérer et foncer droit sur le barrage.

La voiture percuta la police et continua à avancer tandis que les hommes plongeaient pour s'écarter du chemin.

Logan appuya sur le klaxon pour signifier aux flics qu'il arrivait lui aussi. Il ne restait plus que des vestiges du barrage. Il allait à fond et remerciait une petite ouverture qui leur avait permis de s'insérer dans le flux de la circulation. Il avait deux véhicules de retard. Il était maintenant en mesure d'entendre l'hélicoptère.

Alina appela :

— Il est au-dessus de nous.

— C'est bien. Ils devraient suivre sa trajectoire, dit Harrison. S'il a fait le plein, il peut aller très loin.

— Il faut espérer qu'il tombe en panne d'essence.

Les véhicules qui se trouvaient entre Logan et le fuyard passèrent sur la voie centrale, et Logan s'avança.

— Il y a plusieurs champs devant nous, tous bordés de bois épais, déclara Harrison.

Logan eut à peine le temps de remarquer la campagne environnante que la voiture en fuite qui le précédait négocia un virage à droite toute et quitta la chaussée pour entrer dans les champs et s'enfoncer dans un fossé. Puis elle rebondit, franchit le fossé et s'enfonça dans l'herbe haute pour se diriger vers les arbres situés à l'autre bout de la route.

— Accrochez-vous ! cria Logan.

Il prit un angle légèrement meilleur pour descendre dans le fossé et remonter de l'autre côté, puis tourna le volant et redressa. L'autre voiture s'arrêta devant eux. Alors qu'ils l'atteignaient, ils virent Lingam disparaître dans la zone boisée sans montrer aucun signe de boitement.

— Cherchez la fille dans la voiture, leur intima Harrison.

Et il partit à la poursuite de Lingam. Deux autres véhicules de police s'arrêtèrent derrière eux. Logan leur dit de commencer à fouiller les bois. Deux agents partirent à la chasse à l'homme, un autre s'approcha de la voiture. Ils ouvrirent ensemble le coffre et trouvèrent la valise.

Alina se tenait à leurs côtés.

— Vite, vite, vite. Combien d'air peut-il y avoir là-dedans ?

Les deux flics s'échangèrent un regard tandis qu'ils soulevaient avec précaution le lourd bagage. Logan fut surpris par le poids réel. Cela lui donnait aussi de l'espoir. Ils le posèrent sur le sol et s'efforcèrent de déclipser les serrures.

— Vite, ouvrez ! hurla Alina en trépignant d'impatience.

Finalement, les serrures cédèrent, et ils jetèrent le couvercle en arrière.

À l'intérieur se trouvait une petite femme, recroquevillée sur elle-même. Logan secoua la tête.

— Bon sang, c'est vraiment très serré.

Pire encore, sa peau était molle, blanche.

— Laissez-moi la voir, ordonna Alina. Poussez-vous de là.

Elle se glissa devant le policier et tendit la main vers la femme en quête d'un pouls, d'un signe de vie.

Le flic protesta jusqu'à ce que Logan dise :

— Elle est infirmière.

Puis il recula et sortit son téléphone.

— Je vais appeler une ambulance.

Alina leva le visage, les larmes aux yeux, et murmura :

— Elle est vivante. Oh, mon Dieu ! Nous sommes arrivés à temps. Elle est vivante.

Chapitre 13

ALINA DIRIGEA PRUDEMMENT les agents pour qu'ils sortent Tracy de la valise. C'était une opération délicate. Elle était tellement serrée qu'ils devaient bouger ses articulations individuellement pour dégager chaque membre. Lorsqu'ils la libérèrent enfin et l'étendirent sur l'herbe, Alina put travailler dans de meilleures conditions. Elle n'avait pas d'équipement, mais elle était déterminée à vérifier si Tracy n'avait pas d'autres blessures. Derrière elle, elle entendit les voix des hommes.

Le flic déclara :

— L'ambulance est en route.

C'était une bonne chose, car la couleur et le rythme cardiaque de Tracy étaient incroyablement erratiques. Alina trouva également le point d'injection, qui correspondait à peu près au sien. En examinant le corps de la femme, elle fut soulagée de ne pas trouver d'os cassés. Elle s'assit sur ses talons et considéra Logan.

— Avec un peu de chance, elle va dormir et ne se souviendra de rien.

S'asseyant à côté d'elle, le policier demanda :

— Elle est droguée ?

Elle pointa du doigt le point d'injection.

— Oui, intervint Logan. Elle n'a pas eu la même mauvaise réaction que toi.

Alina acquiesça.

— On dirait qu'il n'a pratiqué qu'une seule injection. Il ne l'a pas eue assez longtemps pour faire plus que ça. (Sous son souffle, elle ajouta dans un murmure sincère :) Dieu merci.

Logan la redressa et la serra dans ses bras.

— Bravo. Nous l'avons retrouvée, et elle va s'en sortir. Maintenant, tu n'as rien à te reprocher, tu m'entends ?

Elle acquiesça, le regard toujours fixé sur sa collègue.

— Une partie de moi le sait. Mais…

Il la secoua un peu.

— Arrête. Ça suffit. Oublie ces types et recommence à vivre ta vie.

Alina le dévisagea et sourit.

— Vivre ma vie où ?

Il désigna Tracy.

— Est-ce que le fait de l'avoir trouvée a changé ton sentiment sur l'abandon de ton poste ? Te sens-tu mieux par rapport à ta décision ?

Elle jeta un coup d'œil au sol.

— Cela m'aide à partir la conscience tranquille, répondit-elle. Mais cela ne change rien à la réalité de ce que j'ai vécu. Et cette expérience est maintenant gravée dans mon cerveau. J'ignore si je me sentirai un jour à l'aise chez moi ou au travail, mais d'une certaine manière, c'est comme si un chapitre se refermait. Non… (Elle secoua la tête.) Laisse-moi reformuler cela. J'ai l'impression qu'un chapitre s'est refermé. Même si je pouvais retourner dans ces deux endroits, je ne le voudrais pas.

Elle se retourna dans ses bras.

— Je ne voulais pas te persuader injustement de déménager au Texas, dit-il. Mais j'espère vraiment que tu le feras.

Elle se recula légèrement pour le considérer. À voix basse, très consciente des flics qui s'agitaient autour d'eux et de l'ambulance qui quittait rapidement l'autoroute pour foncer vers eux, elle demanda :

— Sérieusement ?

Il s'inclina en avant et l'embrassa doucement sur le front.

— Sérieusement.

Elle passa ses bras autour de sa taille et se pencha vers lui. Son cœur se gonfla de joie lorsque les siens s'enroulèrent autour d'elle. Elle n'avait pas envie de se sentir dépendante de lui ni de le considérer comme une échappatoire. Car ce n'était pas une bonne chose à long terme. Et penser qu'elle avait peut-être trouvé quelqu'un dans ce maelström d'horreur, eh bien, cela compensait bien des tracas. C'était un homme bon.

— On va attraper le connard qui l'a kidnappée, déclara Logan.

L'ambulance s'avançant vers eux, ils s'écartèrent du chemin. Lorsque les hommes chargèrent Tracy sur le brancard, Alina pivota vers Logan et lui dit :

— Je devrais l'accompagner à l'hôpital. Je ne veux pas qu'elle se réveille seule.

Il hocha la tête en signe de compréhension.

— Tu as ton téléphone. Préviens-nous quand tu seras prête à partir.

Elle opina du chef et se dirigea vers l'ambulance, s'arrêta et se retourna pour considérer Logan.

— Tu m'appelleras si je ne suis pas en mesure de te joindre, n'est-ce pas ?

Elle détestait la peur et le tremblement dans sa voix, mais ce n'était pas le moment de cacher ses inquiétudes. Elle avait besoin de savoir s'il serait là.

Son sourire éclata de lumière.

— Tu ne te débarrasseras pas de moi si facilement.

Mais il demanda tout de même à un policier de monter avec elle et Tracy.

Elle lui offrit le sourire le plus doux possible, puis se retourna et monta dans l'ambulance. Elle connaissait les règles de l'hôpital. Il se pouvait qu'elle ne soit pas autorisée à rester aux côtés de la femme, n'étant pas de la famille. Mais étant donné qu'elle était présente au moment du sauvetage de Tracy et qu'elle avait déjà vécu la même expérience, elle espérait que le personnel hospitalier pourrait faire une exception pour elle.

Ils n'étaient pas loin de l'hôpital. Elle était reconnaissante de ne pas être sur le brancard cette fois-ci.

Elle pouvait voir les constantes de Tracy pendant que les ambulanciers les vérifiaient. Son rythme cardiaque était très lent. Qui savait quelles drogues lui avaient été administrées ?

Le véhicule déclencha ses sirènes et roula aussi vite que possible vers l'hôpital. Alina se rendit compte que le brancardier partageait également ses inquiétudes.

À la baie des ambulances dans la zone des urgences, Alina sortit en premier pour ne pas gêner les ambulanciers lorsqu'ils déchargèrent Tracy. Elle fut précipitée dans la salle d'urgence, et Alina resta là, se sentant exclue. Elle n'était pas infirmière dans ce service, mais elle y avait fait plusieurs stages, donc elle comprenait le processus et les procédures. Mais elle n'avait jamais été de l'autre côté, en attendant que la victime reçoive un traitement.

Elle n'aimait pas ça du tout. C'était perturbant de s'asseoir et de patienter, en accordant sa confiance aux autres pour effectuer correctement leur travail. Une partie d'elle souhaitait se précipiter là-dedans, s'assurer qu'ils faisaient tout ce qu'ils devaient faire, et une autre avait conscience qu'elle n'en avait pas le droit. C'était leur domaine. Elle pouvait dire qu'elle était infirmière autant qu'elle voulait, elle n'était pas en service ici. Finalement, quand elle n'entendit rien, elle demanda à une infirmière qui sortait de la chambre de Tracy :

— Comment va-t-elle ? Puis-je rester avec elle ?

La femme fronça les sourcils, ouvrit la bouche.

Alina expliqua qu'elle avait été dans l'ambulance avec Tracy, qu'elle était présente sur les lieux lorsqu'elle fut secourue, et qu'elle s'était trouvée dans la même situation d'enlèvement que la patiente.

— Je ne veux pas qu'elle se réveille seule avec ce cauchemar dans la tête. S'il vous plaît, laissez-moi rester auprès d'elle, supplia-t-elle. J'ignore si ça change quelque chose, mais je suis infirmière. Je travaille à l'hôpital universitaire.

La femme hocha la tête.

— Le médecin en a presque fini. Quand il aura terminé, vous pourrez entrer quelques minutes plus tard.

Reconnaissante, Alina dit :

— Merci. J'apprécie.

La femme se tourna vers elle.

— Vous avez été enlevée aussi ?

— Le même réseau, mais un ravisseur différent.

La soignante branla du chef.

— Qui aurait pensé qu'il y aurait une telle chose à Boston ?

Quelques minutes plus tard, Alina entra et s'assit près du lit de Tracy. Elle tendit la main et recouvrit celle de sa collègue. Elle savait combien il était important pour les personnes sous l'effet de la drogue de croire qu'elles avaient un but à retrouver, une raison de vivre. Et elle voulait s'assurer que le ravisseur ne soit pas en mesure de faire d'autres victimes.

— Bonjour, Tracy. Je suis Alina. J'étais là quand la police t'a retrouvée, relata-t-elle. Sache simplement que tu es en sécurité ici à l'hôpital et que tu vas bien maintenant.

Il n'y eut aucune réponse, mais Alina ne s'y attendait pas vraiment.

Elle resta là où elle était et parla de temps en temps à la femme comateuse. Une infirmière entra pour vérifier l'état de Tracy et la questionna :

— Des changements ?

Alina secoua la tête.

— Non, pas encore.

— Prévenez-moi s'il y en a.

L'infirmière la laissa seule de nouveau.

Cela se reproduisit plusieurs fois. Et enfin, lorsque le silence se rompit d'une manière presque imperceptible, Alina vit Tracy ouvrir les yeux.

— Tracy ! s'exclama-t-elle.

Elle se pencha et expliqua une fois de plus pourquoi elle était là. Puis elle annonça :

— Je reviens tout de suite. (Elle se précipita vers les rideaux et appela l'une des soignantes :) Elle est réveillée.

Quelques minutes plus tard, une infirmière et un médecin entrèrent.

Avec un rictus, l'infirmière dit à Alina :

— Je vous demande de sortir dans la salle d'attente.

Alina comprit ce qui allait se passer. Elle n'était toujours pas prête à se séparer de Tracy. Elle lui sourit et déclara :

— Je serai juste à l'extérieur.

Le médecin resta beaucoup plus longtemps avec Tracy cette fois-ci. Lorsqu'il sortit, il s'approcha d'Alina.

— Elle est encore confuse et ne comprend pas ce qui s'est passé. Je crois comprendre, d'après l'infirmière, que vous êtes également une victime. Peut-être pouvez-vous l'aider à éclaircir les choses. Elle souhaite vous parler.

Elle sourit au praticien.

— Elle va s'en sortir ?

Il hocha la tête.

— Avez-vous une idée de la durée de sa captivité ?

Alina lui donna les informations dont elle disposait.

— Un agent de police a voyagé dans l'ambulance avec nous, relata-t-elle. Je suis sûre qu'il sera en mesure de vous donner plus de détails.

Le médecin acquiesça.

— Elle a de la chance. Il ne semble y avoir aucun traumatisme corporel, nous prendrons cela comme un bon signe.

— C'est une bonne nouvelle, en effet.

Avec un rictus, elle passa devant lui et entra pour parler à Tracy.

Elle semblait un peu plus alerte. Et surtout, très confuse. Alina s'assit et partagea avec précaution les infos dont elle disposait. Les deux femmes s'étaient déjà croisées à l'hôpital. Elles se reconnaissaient suffisamment pour se rappeler leurs visages, mais elles n'étaient pas amies. Et Tracy n'avait probablement pas eu vent de ce qui était arrivé à Alina.

Lorsque celle-ci eut fini, Tracy secoua la tête et murmura :

— Oh, mon Dieu ! Oh, mon Dieu ! Oh, mon Dieu !

— La chose à retenir, c'est que tu es en sécurité. Nous t'avons retrouvée, mais j'ignore si le type qui t'a kidnappée a été arrêté, déclara Alina. Je sais simplement que la chasse à l'homme était en cours lorsque je suis arrivée à l'hôpital dans l'ambulance avec toi.

Et alors, Tracy pleura. Elle pleura et pleura. Partielle-ment à cause des médicaments, Alina en était consciente ; mais aussi à cause du choc. Alina comprenait que toutes ces larmes étaient simplement le signe d'un soulagement intense d'avoir été secourue. Et cela, elle s'en souvenait trop bien.

Elle resta avec Tracy pendant un long moment. Puis son téléphone sonna. Elle regarda Tracy, lui tapota la main et dit :

— Je dois prendre cet appel. Je reviens tout de suite.

Elle sortit dans le couloir et vit sur l'écran qu'il s'agissait de Logan. Son sourire s'illumina, et elle quitta précipitam-ment le bâtiment pour répondre.

— Salut, l'avez-vous attrapé ?

— Non, pas encore. Avec les hélicoptères et une ving-taine de policiers ici, il ne peut pas aller bien loin.

Elle grogna.

— Bon sang, j'espérais tellement. J'ai hâte que tout cela se termine.

— Ça arrivera. Comment va Tracy ?

— Elle est réveillée maintenant. Choquée et reconnais-sante d'être en vie. (Alina secoua la tête en regardant la lumière du jour décliner.) Il va bientôt faire nuit. S'il peut rester caché jusqu'alors, il serait en mesure de s'enfuir complètement.

Elle avait envie de crier de frustration.

— On l'attrapera. Reste à l'intérieur de l'hôpital. Ne pars pas.

Elle se figea, se retourna et dit :

— En fait, je suis dehors en ce moment, avoua-t-elle. Je devais répondre à ton appel.

— Rentre et reste à l'intérieur, ordonna-t-il. Je t'enverrai un message la prochaine fois.

— Pourquoi ? demanda-t-elle, sa peur la rendant nerveuse. Tu penses qu'il reviendra après l'arrivée de Tracy à l'hôpital ? Comment le saurait-il ?

— Pourquoi ne le saurait-il pas ? C'est dans toutes les nouvelles, même si les détails sont vagues. Ils ont raconté qu'une femme non identifiée avait été secourue d'un enlèvement probable. Qu'elle est à l'hôpital, aux urgences. Assure-toi de rester à ses côtés pour qu'elle ne puisse pas être reprise. J'ignore ce qui se passe. Je suppose qu'ils doivent te retrouver, toi et Tracy, pour remplir leur quota ou le faire d'une autre manière. En vous perdant toutes les deux, ils sont désespérés. Ils la chercheront et, s'ils ont de la chance, ils te mettront la main dessus aussi.

Et comme ça, Logan raccrocha. Elle jeta un regard nerveux autour d'elle et se précipita vers la relative sécurité de l'établissement de santé. En retournant auprès de Tracy, elle réalisa ce qu'il voulait dire. Non seulement Tracy pouvait être enlevée à l'hôpital, mais, toutes les deux étant ici, elles risquaient d'être enlevées ensemble.

LOGAN PIVOTA, DOS au chaos qui l'entourait. Harrison était toujours dans les bois, à traquer Lingam. Les flics étaient là aussi. Près de la voiture de fuite, Logan chercha des informations susceptibles de conduire aux complices de Lingam.

Ça le dérangeait toujours que personne n'établisse le lien entre toutes ces femmes disparues. Il comprenait qu'il fallait plusieurs affaires avant que quiconque ne se doute de quelque chose, mais étant donné le nombre de filles qui avaient été kidnappées ces quatre dernières années, comment les flics pouvaient-ils ne pas réaliser ? Cette pensée le poussa à regarder les hommes autour de lui d'une manière légèrement plus analytique.

Logan et un policier avaient inspecté la voiture de fond en comble ; les experts en médecine légale étaient en route. Ils avaient fouillé la boîte à gants où ils avaient trouvé un vieux sac en toile, comme celui découvert dans l'appartement de Colin. Une fois qu'il avait expliqué qui il était et ce à quoi il avait été mêlé, il avait été autorisé par les autres détectives arrivés sur place à participer, à condition qu'il partage toutes les informations. Il était reconnaissant, car il s'agissait d'une affaire de police, et il n'avait vraiment rien à y faire.

Ils passaient actuellement en revue le contenu du sac en vidant son contenu sur le capot du véhicule, y compris un sweat-shirt malodorant. Le détective Easterly arriva et annonça à Logan qu'ils avaient des flics qui travaillaient sur cette affaire sous différents angles dans toute la ville. Un à la maison de Lingam, où Logan avait récupéré les boîtes. Un autre à la deuxième résidence, où John avait conduit Tracy, mais était parti précipitamment, comme s'il avait conscience que Logan était passé par là. La question était : où John irait-il maintenant ? Se cacher ?

Logan aurait vraiment souhaité qu'ils attrapent cet idiot avant qu'il ne franchisse la ligne des arbres. Mais cela ne devait pas être le cas, et ça le rendait furieux.

Il continuait à jeter des regards autour de lui, en se demandant si l'homme se terrait dans les hautes herbes plus loin tout en se moquant d'eux. Il savait que si Lingam était intelligent, il serait déjà loin. Pas moyen qu'il récupère sa voiture. Et c'était seulement une autre chose.

— Nous devrions vérifier s'il a un autre véhicule enregistré, suggéra Logan. Ou si son frère en a un. Il aura besoin d'une voiture pour poursuivre.

L'un des flics s'écarta, téléphone à l'oreille. C'était heureux d'avoir autant de personnes autour. Il y avait toujours quelqu'un de disponible pour rechercher des informations. C'était la chasse à l'homme qui n'osait accepter rien de moins que le succès. Pas s'ils prévoyaient de maintenir la sécurité de la ville. Ils devaient déterminer qui était impliqué dans tout ça.

Ce qu'il souhaitait vraiment, c'était le téléphone portable de Lingam.

— Pouvons-nous retracer ses appels ?

— C'est en cours. J'espérais trouver quelque chose d'utile dans ce foutu sac.

Il y avait une poche à l'avant. Logan y plongea la main et en sortit un bout de papier froissé. On aurait dit un emballage de hamburger. Mais en l'étalant et en utilisant son mobile comme lampe de poche, il réussit à distinguer quelques annotations dessus.

— Il y a un numéro de téléphone ici, annonça-t-il.

Il retourna rapidement son portable et composa le numéro. Pendant que les hommes écoutaient, le téléphone sonna et sonna ; puis une voix masculine s'écria :

— Où est-ce que tu te caches ? Tu ferais mieux de venir ici. Tu vas te retrouver dans la merde si tu n'es pas capable d'amener cette foutue fille rapidement.

Logan toussa plusieurs fois, puis d'un ton rauque, délibérément en masquant sa voix, il dit :

— Désolé.

Et toussa de nouveau.

— Bon sang, tu es encore malade ?

Logan soutint le regard du flic alors qu'il répondait :

— Juste un peu.

La voix du type était dégoûtée :

— Tu ferais mieux de ne pas être encore une fois sous

l'emprise de cette foutue drogue. Ton frère était un perdant à ce niveau aussi. Si tu veux continuer à travailler pour nous, tu garderas ton nez propre et non rempli de poudre.

En tenant son t-shirt à moitié sur sa bouche, Logan continua à masquer sa voix en déclarant :

— J'arrive bientôt.

L'autre homme renifla.

— Je n'ai pas le temps pour tes conneries. Ça a pété ici. L'échange a lieu ce soir. J'ai besoin de la fille, et maintenant. Dis-moi où tu es, et Bill ou moi viendrons la chercher.

Logan sourit en entendant le nom. Il s'agissait probablement de Barry Ferguson. L'un des quatre meneurs qu'ils étaient venus contrôler. Le flic désigna le nom du centre commercial au coin de la rue.

— Au centre commercial. J'ai dû regonfler un pneu.

— Bon sang, j'arrive dans vingt minutes. Je me fiche de savoir si tes pneus sont à plat. Assure-toi d'être à l'arrière, à droite, là où se trouve le restaurant. Il y a une station-service en dehors de la rue principale.

Puis la ligne se coupa.

Logan tendit son téléphone et déclara :

— Eh bien, ça change la donne. Essayez de retracer ce numéro.

Il regarda le véhicule.

— Nous devons remettre la valise dans le coffre et garer la voiture à l'endroit du rendez-vous pour qu'il la reconnaisse.

À ces mots, les agents se mirent en action.

— Ce serait aussi foutrement bien si nous avions une policière à l'intérieur de cette stupide valise, déclara le détective Easterly avec irritation. Mais je doute que j'arrive à en trouver une de cette taille aussi rapidement.

L'un des hommes intervint :

— Iris. Elle est petite.

Le détective Easterly le considéra.

— Peux-tu l'appeler ? (Puis il secoua la tête.) Nous n'avons pas le temps. Je dois passer par les voies officielles pour organiser ça.

Mais le flic était déjà en train de parler à Iris au téléphone. Il revint et dit :

— Elle contacte son supérieur. Nous essayons de tout planifier. Elle est en route au cas où ça se ferait.

Les hommes préparèrent rapidement la voiture.

Logan se rendit compte qu'il n'avait certainement pas la morphologie du conducteur. Il fit signe à l'un des policiers :

— Pouvez-vous enlever votre uniforme et prendre la place du conducteur ? Vous avez à peu près la même carrure que le gars que nous traquons dans les bois.

Le regard du policier s'éleva, mais il hocha la tête et répliqua :

— Je ne peux pas enlever mon uniforme.

— Prenez le sweat de ce gars et enfilez-le par-dessus votre chemise. Avec un peu de chance, il fera assez sombre pour que ça ne se remarque pas. D'ailleurs, nous prévoyons d'être là avant qu'il n'arrive de toute façon. Si nous avons de la chance, nous ne capturerons pas que lui et mettrons la main sur le reste de son réseau.

L'agent suivit les instructions et se tourna vers Logan, qui opina du chef.

— Décoiffez-vous et essayez de ressembler à quelqu'un qui a pris de la coke pendant les vingt-quatre dernières heures.

Le gars leva les yeux au ciel.

— Super. C'est tout ce dont j'avais besoin. Copier un

kidnappeur drogué.

— Il était en colère et dégoûté de la vie. Il cherchait à se procurer de la came. Furieux que son frère ait apparemment trouvé un moyen de gagner facilement de l'argent et ait pris sa place, d'après ce que j'ai compris. Ce sera peut-être la première fois qu'il enlève une femme, et ils l'ont choisi uniquement parce que Colin a été tué.

Le policier acquiesça.

— Allons-y, tout le monde, dit Logan. Je prends ma voiture pour aller chercher mon partenaire, et on se retrouve là-bas.

Il sortit son téléphone et appela Harrison.

— Où es-tu ?

— Je retourne à la voiture. J'aperçois beaucoup d'activité. Que se passe-t-il ?

Logan le mit rapidement au courant.

Harrison siffla.

— J'arrive dans cinq minutes. Fais chauffer le moteur pour qu'on puisse partir.

Logan courut vers le véhicule et le démarra. Ils avaient traversé beaucoup d'herbes hautes. La dernière chose dont il avait besoin était qu'il ne démarre pas. Ce n'était qu'une voiture de location, pas exactement le genre de Jeep et de pick-ups auxquels il était habitué. Il alluma les phares et vit Harrison foncer vers lui pendant que les autres hommes se dispersaient et fouillaient les bois. Il l'exhorta à aller plus vite. Il avait fait demi-tour avec le véhicule et appuyé sur la pédale d'accélérateur, prêt lorsque Harrison bondit sur le siège avant.

— Allons-y.

Logan partit en suivant les policiers. Il entra la destination dans le GPS. Il calcula qu'ils avaient environ trois minutes pour arriver sans être remarqués. En même temps, il voulait s'assurer de boucler l'affaire solidement.

Levi n'avait pas vraiment su dans quoi il s'embarquait avec cette affaire. Parfois, la vie n'était pas si facile.

D'ailleurs, si Logan finissait par avoir une relation avec Alina, eh bien, il serait plus qu'heureux de l'emmener chez lui. Il considérait donc ce voyage comme extrêmement bénéfique. Il avait conscience que les gars le taquineraient constamment, mais c'était la vie. Il l'acceptait.

Devant eux se trouvait la sortie menant au centre commercial. Il ralentit et se dirigea vers le restaurant. La station-service était à l'arrière, et il s'assura d'être en position.

La dernière chose qu'il voulait, c'était se retrouver impliqué dans d'autres courses-poursuites folles ce soir-là avec sa voiture de location.

Chapitre 14

DE RETOUR AUX urgences de l'hôpital, Alina entra dans la chambre de Tracy.

Celle-ci leva les yeux avec soulagement. Elle tendit la main et dit :

— Je dois admettre que je suis vraiment reconnaissante que tu sois là.

Alina attrapa sa main. Elle s'assit sur le bord du lit.

— J'ai eu des nouvelles de Logan, et jusqu'à présent, l'homme qui t'a kidnappée n'a pas été capturé. Il y a une véritable chasse à l'homme en cours. Mais ils veulent que nous restions vigilantes. Espérons qu'ils l'arrêteront ainsi que les meneurs avant que qui que ce soit ne remarque ta présence dans cet hôpital.

Les yeux de Tracy s'élargirent lorsqu'elle réalisa les implications. Elle baissa la voix tout en regardant autour d'elle précipitamment.

— Tu penses vraiment qu'il essaierait de nous attaquer ici ?

— C'est toujours possible, acquiesça Alina. Mais pourquoi le feraient-ils à ce stade ? Le jeu est terminé. Ils devraient limiter les dégâts et prendre la fuite.

Tracy fronça les sourcils.

— Il a dit quelque chose à propos du fait qu'ils étaient à court de temps. (Elle secoua la tête.) Il s'est même excusé.

Alina opina du chef.

— Ça aurait du sens. Après que j'ai été sauvée, tu as été enlevée pour prendre ma place. Tu n'étais pas exactement sur leur liste pour cette fois-ci. (Elle se pencha en avant et ajouta :) Y a-t-il autre chose ? Des informations susceptibles d'aider la police à mettre la main sur le reste de ce réseau ?

Tracy se coucha sur le lit et fixa le plafond, comme si elle essayait de s'en souvenir.

— Une grande partie est floue.

— Je sais. Si nous avions un lieu, une maison, s'il a mentionné quelque chose, ce serait énorme.

— Il a parlé d'un camion. Une phrase comme : « Nous devons attraper le camion. »

Alina se recula et réfléchit à cela.

— Un camion. Comme un gros transporteur ? Comme s'ils devaient te déplacer ? Aller au Mexique, au Canada ou prendre un avion privé ?

Tracy secoua la tête.

— Je n'arrive pas à imaginer. Je suis tellement reconnaissante de ne plus y être.

— Je comprends ce que tu ressens. Je souffre pour les autres femmes. Elles sont parties depuis longtemps. La dernière a été enlevée il y a trois mois.

Alina grimaça à cette idée, mais cela avait beaucoup plus de sens.

— Ensuite, ils te mettent simplement dans un camion et retrouvent les autres. Ça pourrait être n'importe où, de la Californie à la Floride. Ça ne prendrait pas beaucoup de temps, et, en voyageant par voie terrestre dans un véhicule privé, ce serait bien plus difficile de voir une femme dormir côté passager ou attachée à l'arrière d'un camion, même une simple camionnette bâchée.

Tracy opina du chef.

— Il insistait beaucoup sur le délai. Il m'a dit que j'étais sa grande opportunité.

— C'est parce que son frère, Joe, était déjà impliqué, mais a été tué il y a un an. Si John avait une idée de la façon d'entrer en contact avec ces personnes, il aurait eu une chance de prendre la place de son frère. Joe touchait entre dix et quinze mille pour chaque femme. Colin aussi.

Tracy la considéra et demanda quelque chose de surprenant.

— Est-ce que je vaux si peu ?

— Tu vaux énormément. Ce n'était qu'une partie. Imagine combien nous aurions été vendues à la fin.

Tracy répliqua d'une voix basse :

— Honnêtement, je ne veux pas le savoir.

Alina secoua la tête.

— Moi non plus.

Puis elle se tourna et fixa le vide.

— J'ai été en réalité retenue pendant plusieurs jours. Bien que j'habite à Somerville, j'ai été enlevée à l'hôpital où nous travaillions. Je ne pense pas être capable d'y retourner. C'est déjà assez dur de regarder par-dessus son épaule, mais penser que j'ai été kidnappée dans la cafétéria là-bas…

Elle branla du chef.

— Franchement, je ne pense pas pouvoir rester.

Tracy acquiesça.

— En ce moment même, tout ce à quoi j'arrive à penser, c'est rentrer chez moi, à Salem, pour retrouver ma famille. (Elle secoua la tête et ajouta :) Ma mère avait raison. Les grandes villes sont dangereuses.

— Je pense que ça arrive partout. Nous avons seulement eu beaucoup de malchance.

— Pourquoi nous ?

— Je ne suis pas sûre qu'ils cherchaient spécifiquement des femmes de petite taille. Mais, avec ce gabarit, nous rentrions dans les valises que les hommes utilisaient pour nous déplacer.

— Je n'imaginais pas qu'une telle chose était possible.

— Eh bien, j'étais là quand ils ont ouvert la valise et t'ont trouvée. Et ça a été un sacré boulot pour te sortir de là.

Tracy laissa échapper un soupir.

— Je rentre à la maison.

— Tu as appelé tes parents ?

— L'hôpital s'en est occupé. Ma mère est en route.

— C'est bien pour toi. Ça t'aidera à surmonter tout ça. Je suis sûre que ta ville a aussi un hôpital. Postule là-bas.

— C'est ce que ma mère a dit. (Elle jeta un coup d'œil à Alina et poursuivit :) Je n'ai que vingt-deux ans. Penser que ma vie aurait pu se terminer d'une manière aussi horrible…

— Je ne crois pas qu'ils voulaient nous tuer. Ils avaient l'intention de nous vendre comme esclaves.

Tracy frissonna.

— Comment cela peut-il encore exister dans le monde d'aujourd'hui ? Des choses comme ça ne devraient pas être autorisées.

Avec une note d'humour, Alina rétorqua :

— Ce n'est pas autorisé. Mais tout le monde ne suit pas les règles.

Tracy fixa le téléphone dans la main d'Alina.

— J'espère qu'ils l'attraperont.

— J'espère qu'ils les attraperont tous.

Alina observa nerveusement autour d'elle.

— Je regarde constamment par-dessus mon épaule. (Elle secoua la tête.) Je me demande combien de temps il faudra pour que ça s'en aille ?

— Depuis quand ça dure ? Comment est-il possible que la police l'ignorait ?

Alina se pencha en avant et chuchota :

— J'y ai réfléchi. Mais je refuse de penser que certains flics pourraient être impliqués. Pourtant… c'est difficile de ne pas se poser la question.

Tracy se recroquevilla en boule comme si cette idée était trop lourde pour elle.

Alina réalisa que Tracy avait raison. Elle avait vraiment besoin de rentrer chez elle et de vivre avec ses parents. Retrouver une existence où il y avait de l'innocence. Elle ne se sentirait probablement jamais plus comme avant, mais au moins, elle avait échappé aux quelques jours où elle avait été ligotée comme Alina.

Elle s'installa de nouveau dans le fauteuil, posa sa tête contre le dossier, tandis que son esprit flottait sur l'éventualité de l'implication d'un flic. La plupart étaient de bons citoyens honnêtes et intègres. Mais il suffisait souvent d'une pomme pourrie. Et dans une telle position, il aurait accès à énormément d'informations. Y compris la liste des noms à rechercher. Le policier aurait été en mesure de déterminer où elle habitait, qui elle aimait, où elle travaillait, depuis combien de temps elle y était employée, ainsi que la liste de ses contraventions ou de ses arrestations. Y compris le fait qu'elle vivait seule. Si personne ne remarquait vraiment son absence, elle serait une personne disparue de plus. Et il y en avait littéralement des milliers dans chaque grande ville.

Alors qu'elle réfléchissait au nombre de femmes dispa-rues susceptibles d'être victimes de réseaux de trafic humain, elle fut submergée. Puis une infirmière vint s'occuper de Tracy. Elle sourit à Alina et dit :

— Voulez-vous une tasse de café ? Nous en avons ici au poste infirmier. Je peux vous en apporter une si vous le souhaitez.

Alina sourit avec gratitude.

— Merci. Ce serait super.

La soignante revint avec une tasse et la lui remit.

— Nous allons la transférer dans une autre chambre à l'autre bout. Il y a eu un gros carambolage impliquant plusieurs voitures. Nous avons besoin de tous les lits disponibles aux urgences. Sa nouvelle chambre sera quelques portes plus loin, donc attendez-vous à ce qu'un préposé vienne la déplacer bientôt. D'accord ?

Et elle partit.

L'idée d'un carambolage avec plusieurs véhicules la fit grimacer. La poursuite en voiture à laquelle elle avait déjà participé avait été assez terrible. Elle espérait que Logan et Harrison n'en faisaient pas partie. Que les policiers impliqués dans cette affaire non plus. Tout le monde fournissait tellement d'efforts pour attraper ce type ; ce serait terrible s'il arrivait quelque chose.

Et dire qu'ils avaient rencontré John en personne, qu'il avait remis les effets personnels de son frère. Joué l'innocent… Et ça avait marché.

Maintenant, elle attendait que le préposé déplace Tracy. Alina ne voulait pas qu'elle se réveille toute seule. Elle sirota son café et patienta. Toujours pas de nouvelles de Logan. Elle avait envie de lui envoyer un texto pour lui demander comment ça se passait, mais si jamais il n'avait pas éteint son téléphone, elle n'avait pas envie de lui causer des ennuis quand il sonnerait et révélerait sa position ou quelque chose du genre. Ce n'était pas le moment de forcer le destin. Il appellerait quand il le pourrait.

Puis deux soignants entrèrent, lui sourirent et relevèrent les barrières latérales du lit de Tracy.

Elle leur adressa un signe de tête, posa sa tasse de café et se leva.

— Je viens avec vous.

Le préposé sourit et acquiesça.

— Nous n'allons pas très loin.

— Parfait. Je ne veux pas qu'elle se réveille seule.

Ils emmenèrent Tracy dans une grande pièce ouverte et l'installèrent du côté opposé contre le mur. Alina parcourut l'espace en faisant les cent pas jusqu'à ce qu'ils aient terminé. Il n'y avait pas de chaise pour elle ici, elle s'appuya donc contre la fenêtre et attendit.

Comme personne ne vint, elle se dirigea vers une infirmière et lui demanda si elle pouvait prendre une chaise du couloir pour l'apporter dans la pièce. L'infirmière sourit et lui dit d'y aller. Elle attrapa la chaise, retourna dans la chambre et trouva Tracy toujours endormie.

Elle sortit de nouveau dans le couloir et vit des toilettes publiques à quelques pas. Après s'être lavé les mains, elle s'observa dans le miroir. Elle disciplina rapidement ses cheveux avec une brosse sortie de son sac à main, les tressa et les attacha, puis se nettoya le visage et se dirigea enfin vers la chambre de Tracy.

Avant qu'elle n'y parvienne, l'une des infirmières l'appela.

— La mère de Tracy est arrivée. Elles désirent quelques instants en privé.

Bien sûr. Cela était sensé. Elle jeta un coup d'œil autour d'elle et décida qu'elle devrait probablement se rendre dans la salle d'attente à l'extérieur des urgences.

— Si vous les voyez toutes les deux, faites-leur savoir que

je suis dans la salle d'attente. Je ne veux pas déranger.

L'infirmière sourit et acquiesça, puis dit :

— Bonne idée.

Alina se rendit dans la salle d'attente et s'assit. Désormais, elle n'était plus en contact avec Tracy ni Logan. Elle pouvait sûrement s'occuper.

Avec cette idée en tête, elle se leva et fit les cent pas. Puis elle décida de parcourir les couloirs. Elle n'était jamais allée dans cet hôpital, mais la plupart d'entre eux étaient construits de manière similaire.

Elle parcourut le corridor, déterminée à dépenser une partie de l'énergie qui la rongeait. Quand elle revint devant la chambre de Tracy, la porte était entrouverte. Elle y jeta un coup d'œil pour voir si sa mère était toujours là, mais elle constata que Tracy et elle n'étaient plus là. Cette dernière n'avait pas perdu de temps pour emmener sa fille. Alina ne lui en voulait pas, mais elle espérait avoir l'occasion de lui dire au revoir. Découragée, elle se rendit au poste infirmier et déclara :

— Je vois qu'elles sont parties. J'avais espéré dire au revoir.

L'infirmière leva les yeux. Mais ce n'était pas la même que précédemment. Elle lança un regard distrait à Alina et dit :

— Désolée, il y a des allées et venues tout le temps.

Elle entendit les sirènes, et la soignante s'enfuit. Les victimes de l'accident avec plusieurs voitures arrivaient. Désormais très contrariée, Alina retourna dans la salle d'attente et s'assit sur la seule chaise restante. La zone s'était remplie brusquement. Elle ne pouvait rien faire pour aider ; sa seule option était d'attendre que Logan la contacte. Maintenant que Tracy était partie, elle était désœuvrée. Elle sortit son téléphone, l'examina et se demanda si cela valait la peine de prendre un risque, puis décida de se lancer. Elle envoya un SMS à Logan.

Tracy est rentrée chez elle avec sa mère. Je suis coincée à l'hôpital. Sais-tu quand tu auras fini ?

Après avoir envoyé le message, elle s'installa pour patienter.

LOGAN ÉTAIT ASSIS derrière la station-service et attendait de voir si le véhicule arrivait pour rencontrer le policier se faisant passer pour Lingam. La valise, désormais remplie de cailloux pour le poids, était cachée à l'arrière de la voiture. Ils n'avaient jamais obtenu l'autorisation pour que la policière fasse partie de l'opération. Espérons qu'ils n'en aient pas besoin.

Jusqu'à présent, le véhicule ne s'était pas montré. La police n'avait pas eu beaucoup de temps pour organiser ses troupes. Ils avaient des hommes répartis partout à l'extrémité du centre commercial. En plus, quelques voitures banalisées étaient dissimulées un peu partout. Trop de voitures de patrouille, et les gens s'inquiètent. Puis un véhicule arriva. C'était un camion de chantier, mais il n'avait pas de bâche à l'arrière. À la place, il y avait ce qui ressemblait à des coffres de rangement. En regardant leur taille, il se rendit compte que c'était un peu trop facile d'imaginer une de ces femmes coincée à l'intérieur.

Il secoua la tête, pensant que personne ne songerait même à vérifier quelque chose comme ça. Quand le camion se gara sur le côté, un homme en descendit et fit le tour jusqu'à l'arrière, tandis qu'un autre se dirigeait derrière la cabine pour ouvrir l'une des grandes caisses à outils. Logan le reconnut d'après les photos. C'était l'un des quatre meneurs : Barry Ferguson. Cela faisait trois de moins, et il en restait un. Le type ouvrit le couvercle et sortit un plateau à outils. Ce coffre à outils mesurait au moins un mètre cinquante, voire quatre-vingts. On parviendrait facilement à y cacher une femme et à la recouvrir. Eh bien, cela n'allait pas arriver cette fois-ci.

Il remarqua Harrison qui s'approchait de l'autre côté en marchant tranquillement, comme s'il se rendait vers les magasins à l'autre extrémité. Il se positionna à la vue des gars qui le regardaient, mais ils ne semblaient pas beaucoup y prêter attention. Les deux hommes s'approchèrent de la voiture, la frappèrent violemment et crièrent :

— Allez, ouvre. On n'a pas le temps pour cette merde.

Le policier abaissa la vitre et ouvrit le coffre. Les types sortirent soigneusement la valise et la transportèrent jusqu'au camion.

Logan, depuis sa position, imaginait qu'ils étaient prêts à ouvrir le bagage. Mais Harrison s'approcha d'eux avec le policier de l'autre côté et leur intima d'une voix calme et basse :

— À genoux. Les mains sur la tête.

Les hommes se figèrent. Logan se précipita vers eux. Il savait qu'ils ne se coucheraient pas tranquillement. Ils risquaient de passer le reste de leur vie en prison pour ce qu'ils avaient fait. Ils ne se rendraient pas facilement.

L'un des types sortit une arme. Logan tira le premier, suivi de Harrison. Des coups de feu retentirent de différents angles. Logan se cacha derrière le camion pour rester hors de portée. Harrison resta avec les deux malfrats, blessés et allongés au sol, mais toujours en vie. Ils juraient rapidement et furieusement.

Logan contourna le poids lourd et vit un autre homme armé courir vers la voiture. Il craignait pour le policier. Ce n'était pas vraiment un bon endroit pour se faire prendre. Il se faufila à l'avant du camion pour observer, mais il était maintenant du côté opposé de la voiture de fuite.

Le flic avait la portière du conducteur ouverte et se cachait derrière. Mais il ignorait probablement que le type était de l'autre côté. Alors que Logan se précipitait vers eux, le tireur se redressa, se pencha sur le véhicule et se prépara à ouvrir le feu. Logan le devança.

Il se précipita vers l'agent, soulagé, et s'en enquit :

— Vous allez bien ?

Le policier hocha la tête.

— Oui, ça va, mais c'était sacrément proche.

Logan s'approcha de l'agresseur. Il l'avait touché en haut de la poitrine et ne savait pas s'il s'en sortirait ou non. Il vérifia son pouls.

— Nous avons besoin d'une ambulance ici. Pour trois hommes au moins.

Il jeta un coup d'œil autour de lui alors que les autres flics commençaient à sortir.

— Les avons-nous tous eus ?

Il vit alors un autre policier se détacher du groupe et se lancer à la poursuite d'un autre type. Un de ses collègues l'imita sous un angle différent. Puis, pendant qu'il observait, le dernier homme fut maîtrisé par l'un d'eux.

Logan se rendit au camion avec les grands coffres. Avec plusieurs flics à ses côtés, il grimpa à l'arrière. Les trois caissons étaient verrouillés par des cadenas. Difficile de dire s'il y avait des trous d'aération sans plus de lumière. Après avoir attrapé un marteau dans la boîte à outils, Logan brisa tous les cadenas. Puis il souleva le couvercle de chaque coffre.

À l'aide d'une lampe de poche, il éclaira l'intérieur.

Et il trouva des paires d'yeux terrifiés qui le fixaient. Dans chaque malle. Trois en tout.

Il entendit les cris des policiers autour de lui, et deux d'entre eux le rejoignirent dans la benne du camion. L'un d'eux se pencha et souleva avec précaution une femme. Il appela :

— Nous avons besoin d'une ambulance. On dirait qu'on a trouvé les femmes disparues.

Des acclamations retentirent. Les deux autres filles furent libérées et descendues au sol pendant que les hommes enlevaient délicatement les bâillons de leurs bouches, dénouaient leurs liens, puis leur massaient les articulations pour permettre au sang de circuler jusqu'à l'arrivée des secours.

Logan s'assit sur la porte arrière du camion et fixa les sombres espaces où elles avaient été emprisonnées. L'idée qu'Alina ait été transportée dans une malle lui fendait le cœur.

Un policier s'approcha, tenant un téléphone à la main, puis dit :

— C'est pour vous.

Logan le saisit et le porta à son oreille pour entendre le détective Easterly annoncer :

— On l'a trouvé. Il est retourné dans sa vieille maison. Il était prêt à prendre la fuite. Mais on l'a eu.

— C'est une super nouvelle, rit-il. En réalité, c'est la meilleure nouvelle que j'ai entendue depuis longtemps. Nous avons trois malfrats ici et un en fuite. Vos hommes sont à sa poursuite. Alors, avec un peu de chance, nous pourrons aussi l'attraper. (Il soupira de bonheur.) Et comme vous l'avez sûrement entendu, nous avons retrouvé les femmes disparues, donc aujourd'hui a été une excellente journée.

Chapitre 15

ALINA, DE NOUVEAU dans la salle d'attente, entendit son téléphone vibrer. Elle appuya dessus et découvrit un message texte de Logan.

Nous avons attrapé trois malfrats, dont Lingam, il en reste un. Les femmes disparues ont été retrouvées, toutes vivantes et en bonne santé. On dirait que ça se termine. Je t'appellerai dans environ dix minutes.

Elle sourit. Elle aurait souhaité que Tracy soit encore là pour pouvoir lui transmettre la bonne nouvelle. Peut-être était-ce encore possible. Peut-être que les soignantes avaient son numéro de téléphone. Elle se leva et se dirigea vers le poste des infirmières.

— Je sais que Tracy est partie avec sa mère, et vous n'avez probablement pas le droit de me donner d'informations personnelles, mais j'ai oublié de prendre son numéro de téléphone, et j'ai appris par la police qu'ils ont attrapé trois des hommes impliqués dans le réseau de trafic humain. Je voulais lui communiquer la bonne nouvelle.

Les infirmières échangèrent des regards et dirent :

— Nous ne sommes pas autorisées à divulguer d'informations personnelles.

Alina hocha la tête.

— C'est ce que je pensais. D'accord, j'appellerai ma superviseure pour voir si je peux l'obtenir de sa part.

Elle marcha dans le couloir jusqu'à la sortie. Une fois

dehors, elle contacta Selena. Lorsqu'elle répondit, Alina la mit rapidement au courant. Selena fut choquée par l'information. Quand elle se calma suffisamment pour comprendre, Alina lui expliqua le reste des détails, comment les flics avaient attrapé les autres membres du réseau, sauf un, et qu'ils le traquaient désormais.

— Tracy était juste ici. Elle est partie avec sa mère, et j'ai oublié de récupérer son numéro de téléphone. Je voulais lui dire qu'ils ont attrapé beaucoup de personnes pour qu'elle se sente peut-être plus en sécurité maintenant. As-tu un portable sur lequel je peux envoyer un texto ?

Selena marmonna :

— Je ne devrais pas. Tu le sais.

— J'ai passé trois heures assise à côté de son lit à lui parler. C'est ma faute si j'ai oublié de le prendre. Mais honnêtement, je ne pense pas que ça dérangerait qui que ce soit.

— D'accord. Mais ne lui révèle pas comment tu l'as obtenu.

Selena dicta le numéro.

Alina l'écrivit sur le reçu qu'elle trouva dans son sac à main.

— D'accord, c'est noté.

Lorsqu'elle raccrocha, elle ajouta le numéro de Tracy à sa liste de contacts, puis lui envoya un texto expliquant en abrégé que trois des chefs de bande avaient été arrêtés et que les flics étaient à la poursuite du quatrième. Puis elle se souvint de lui envoyer un autre SMS concernant l'arrestation de Lingam et précisant que tout devrait se terminer le jour-même.

Elle ne s'attendait pas à une réponse rapide, mais lorsqu'elle n'en reçut pas, elle s'inquiéta. Peut-être que Tracy dormait, ou qu'elle ne regardait même pas son téléphone. Ayant du mal à laisser tomber, Alina prit le portable et composa le numéro. Pas de réponse. Elle laissa sonner. Enfin, une femme décrocha et lâcha :

— Ferme ta putain de gueule.

Et elle raccrocha.

Alina se figea. Ce ne pouvait pas être la mère de Tracy. Alors, qui avait parlé au téléphone ? Puis la panique la submergea. Elle contacta rapidement Logan.

— J'ai appelé Tracy pour lui annoncer la bonne nouvelle, mais une femme a répondu. Elle m'a seulement dit : « Ferme ta putain de gueule. »

Elle était en mesure de sentir le silence se durcir de l'autre côté.

— Quel est le numéro ?

Elle le lui donna.

— Je te rappelle.

Elle s'assit dans la salle d'attente avec son mobile serré dans son poing, détestant une fois de plus être impuissante pour aider. Puis elle s'inquiéta. Et si Tracy n'avait pas été emmenée par sa mère ? Et si celle-ci n'avait rien à voir avec ça ? Qui a dit que c'était même sa mère ?

Elle se leva, se dirigea vers la chambre où le lit de Tracy avait été placé et ouvrit la porte. Le lit était toujours là, et il n'était même pas fait, mais les draps étaient là. Comment avaient-ils réussi à la déplacer ? Elle n'y serait pas allée volontairement. Il aurait été facile de lui faire une piqûre, de l'installer dans un fauteuil roulant et de l'emmener. Mais alors, pourquoi ? Toujours confuse, elle continua à fouiller dans la literie puis se figea. Sur l'un des draps, sous la couverture, se trouvait une seringue. Elle en prit une photo qu'elle envoya à Logan accompagnée d'un texto.

Je pense qu'ils ont eu Tracy.

Sa réponse fut instantanée.

Reste où tu es. Reste en sécurité.

Elle s'était éloignée de Tracy, était allée aux toilettes, et avait découvert ensuite que Tracy et sa mère étaient parties. Quand cela s'était-il produit ?

Elle adressa un autre message à Logan.

Contacte la mère de Tracy. Découvre si elle était à l'hôpital. Parce que si ce n'est pas le cas, alors une femme est impliquée, car une infirmière m'a dit que sa mère était avec elle. Je ne l'ai ni croisée ni rencontrée.

Elle erra près de la fenêtre, cherchant le moindre signe de Tracy. Ses poings se serraient et se desserraient dans un mouvement rythmique tandis qu'elle attendait que quelqu'un lui réponde.

Enfin, son téléphone sonna. Elle se précipita hors de l'hôpital jusqu'au parking arrière et répondit.

— Sa mère est en route, déclara Logan. Mais elle n'est pas encore arrivée à Boston. Ce n'était pas la mère de Tracy.

Alina s'affala sur l'un des bancs.

— Oh, mon Dieu ! Je n'ai pas eu l'occasion de voir qui était avec elle.

— L'hôpital dispose de caméras de surveillance. Nous aurons une image d'elle dans quelques minutes. La police est déjà en train de visionner les enregistrements.

— Dieu merci. Je suis tellement idiote. Quand je suis sortie des toilettes, on m'a annoncé que sa mère était avec elle, et j'ai pensé que je devais les laisser seules pendant quelques minutes pour qu'elles aient de l'intimité, alors je suis allée me promener. Je suis partie à peine dix minutes.

— Tu n'es pas responsable, la gronda-t-il d'un ton sec. Tu as compris ?

Elle hocha la tête.

— J'ai saisi. Je ne le suis pas, mais d'une certaine manière, j'ai l'impression de l'être.

Bien sûr, elle comprenait que c'était la même rengaine qu'elle avait déjà prononcée plusieurs fois. Elle branla du chef.

— Est-ce que la vie des kidnappeurs est réellement en jeu s'ils ne livrent personne ? Et est-ce qu'elle est la remplaçante la plus facile qu'ils connaissent ?

— Cela pourrait être n'importe quoi. Mais nous avons le camion avec le conducteur et quelqu'un d'autre. Il y avait aussi un véhicule de secours. Nous l'avons trouvé. Le dernier homme ne s'échappera pas non plus.

— Et qui était cette femme ?

— Le maillon manquant.

Il raccrocha, et Alina resta immobile pendant un long moment. Puis elle retourna au poste des infirmières et annonça :

— La police va arriver d'une minute à l'autre, mais cette femme qui prétendait être la mère de Tracy l'a effectivement kidnappée. Les forces de l'ordre ont contacté sa véritable mère : elle est en route, mais pas encore à Boston.

Les soignantes la regardèrent, choquées ; personne ne savait quoi dire. Ou n'osait rien dire.

Alina le concevait. Elles avaient laissé une patiente être enlevée. La tempête médiatique qui en résulterait serait horrible. Leur emploi même était sur la sellette. Elle se pencha en avant et lança :

— S'il vous plaît, est-ce que vous vous souvenez de son apparence ? Je n'étais pas là quand elle est arrivée, et une infirmière m'a demandé de ne pas entrer, donc je n'ai pas eu l'occasion de la voir. La police va venir regarder les caméras de surveillance, à moins qu'elle puisse le faire depuis le poste.

(Elle secoua la tête.) Je ne sais pas, mais pouvez-vous me donner une description d'elle, n'importe quoi qui m'indique à quoi elle ressemblait ?

L'une des infirmières leva son téléphone portable et déclara :

— Je peux faire mieux que ça. J'ai pris une photo du chaos quand les victimes du gros accident sont arrivées, avoua-t-elle. Mon petit ami ne croit pas que ça puisse être aussi fou ici. Je ne suis pas réellement de service aux urgences, mais je voulais qu'il voie ça.

Elle afficha le cliché, et effectivement, c'était un véritable cauchemar à l'hôpital. Les ambulanciers étaient partout, et les lits étaient déplacés dans tous les sens. Et contre le comptoir d'accueil se trouvait une femme, les cheveux attachés en chignon à la nuque. Elle était bien habillée, une étrangère.

— Pouvez-vous m'envoyer cette image, s'il vous plaît ?

La soignante acquiesça. Alina l'afficha sur son téléphone et la transféra à Logan.

C'est elle. Capturée par hasard sur une photo dans le couloir.

Elle se dirigea vers la sortie arrière avec l'image de la femme gravée dans son esprit. Il y avait un énorme parking. Mais comment la femme aurait-elle réussi à mettre une Tracy inconsciente dans un véhicule ? Ça ne devait pas être facile. À moins qu'elle n'ait eu de l'aide. L'inconnue était-elle parvenue à sortir Tracy directement de l'hôpital, ou était-elle cachée quelque part à l'intérieur ?

Au milieu d'un tel chaos, elle aurait pu agir de n'importe quelle façon.

Alina se précipita vers le parking.

— Bon sang, où es-tu, Tracy ?

Bien sûr, il n'y eut pas de réponse. Son téléphone sonna. C'était Logan.

— La femme est bien connue de la police. Ils ont lancé une alerte pour la retrouver, ainsi que Tracy. Nous avons également un véhicule enregistré à son nom. Avec un peu de chance, nous l'attraperons.

— Je ne sens pas vraiment cette chance en ce moment, rétorqua Alina. Elle a quitté l'hôpital il y a maximum vingt minutes. Les flics ont besoin de quelqu'un dans les airs pour rechercher le véhicule.

— Je suis sûr qu'ils aimeraient ça. Mais ça ne signifie pas qu'ils ont les effectifs nécessaires.

Elle secoua la tête.

— C'est ridicule. Cette femme est entrée et est repartie avec Tracy, sans que personne ni rien ne l'arrête.

— L'administration de l'hôpital devra examiner cela. Mais maintenant que tu as son visage, nous savons qui nous traquons.

Tracy marcha jusqu'au fond du parking. Sa rage était si intense que ses pas résonnaient de manière saccadée.

— Il est possible qu'elle soit toujours ici, tu en es conscient ? Comment la femme a-t-elle pu mettre Tracy dans le véhicule toute seule ? Tracy est petite, mais elle pèse quand même son poids si elle est inconsciente. Et il est évident qu'elle a été droguée de nouveau. C'est quoi ce bordel ? cria-t-elle dans sa frustration.

— Cherche une Honda Civic noire. (Il énuméra la plaque d'immatriculation.) Nous sommes à quelques minutes seulement.

Elle entendit la lettre C, mais le reste lui échappa. Elle se retourna pour partir en quête des automobiles noires.

— Tu as une idée du nombre de voitures noires qu'il y a

ici ?

— Elle va probablement conduire prudemment pour ne pas attirer l'attention sur elle. Ça n'a pas dû être facile de sortir Tracy de l'hôpital et de la mettre dans le véhicule, donc elle est probablement toujours là. Les flics arrivent.

En pivotant, elle dit :

— Une voiture noire, une Honda, se dirige vers la sortie. Je cours vers elle. Je dois vérifier que Tracy est à l'intérieur.

Il y avait beaucoup de circulation, et personne ne la laissait passer.

— Elle essaie de prendre à gauche sur la route principale, mais n'arrive pas à s'engager.

En arrivant à côté du véhicule, Alina vit Tracy effondrée sur la banquette arrière.

— C'est elle. Bon sang, c'est elle.

Elle ouvrit la portière côté passager.

La femme freina brusquement et cria :

— Sors. Sors.

Au lieu de cela, Alina sauta dans l'habitacle et se redressa rapidement pour projeter la femme contre la vitre côté conducteur. Le volant tourna brusquement, ce qui envoya la petite voiture sur le trottoir. Alina n'avait aucune compétence en combat, à part sa rage pure de voir cette fichue femme kidnapper la pauvre Tracy encore une fois. Sa colère n'avait aucune limite. Elle continua à frapper, encore et encore. La femme hurlait, se défendait, mais Alina était comme une bête enragée.

Elle arrivait à entendre Logan en arrière-plan, qui criait dans son téléphone. Pourtant, elle ne pouvait rien dire. Le déversoir de toute sa frénésie, de sa peur et de son tourment consistait à continuer à frapper la femme. Quand Alina prit enfin une inspiration tremblante, elle réalisa que le visage de la femme saignait et que le sang était partout sur la vitre latérale. Alina peinait à respirer.

De sa main gauche, elle attrapa son portable et poussa un soupir.

— Mon Dieu, je l'ai tuée. Je crois que je l'ai tuée.

— Reste calme. Où es-tu ?

Elle lui donna les détails.

— Le véhicule est-il toujours en marche ?

Se rendant compte qu'elles étaient assises dans une voiture au ralenti, elle tendit la main et retira les clés. Sur son instruction, elle tira le frein à main pour les empêcher de bouger.

— Reste là où tu es. Nous arrivons.

Elle secoua la tête.

— On bloque la circulation. Mon Dieu. Qu'est-ce que j'ai fait ?

— Tu as fait exactement ce qu'il fallait pour sauver Tracy. Maintenant, arrête d'y penser. Ne quitte pas la voiture. Ne quitte pas Tracy. Et si cette femme se relève, frappe-la de nouveau. Tu m'entends ?

Elle prit une inspiration tremblante et éclata en sanglots.

— Mon Dieu ! Qu'est-ce que je suis ?

— Tu es un animal en souffrance, ma chérie, c'est tout. Tu as agi comme il fallait. Je suis déjà en route vers toi. Je ne suis pas très loin. Attends encore cinq minutes, et nous serons là.

Elle observa, presque aveugle, le trafic. Les véhicules les contournaient. Elle ne pouvait regarder personne. Elle ne pouvait même pas commencer à relever la tête. Puis une partie de sa formation prit le relais. Elle tendit la main ensanglantée et toucha la femme au niveau du cou. Un soulagement l'envahit lorsqu'elle sentit un pouls.

— Elle est vivante.

Et elle éclata en sanglots.

LOGAN JURA ENTRE ses dents. Les policiers avançaient en tête, ouvrant la voie le plus rapidement possible. Harrison conduisait leur voiture avec Logan en passager. Et comme lui, Harrison avait du mal à suivre les flics et avait envie de les dépasser.

— Elle a trouvé Tracy allongée à l'arrière du véhicule. Elle a tabassé la conductrice sans pitié.

Harrison leva un sourcil et lâcha :

— Nom de Dieu.

Logan s'appuya en arrière et ferma les yeux.

— Ouais, c'est un euphémisme.

— La femme est-elle morte ?

— Alina dit qu'elle est toujours en vie. Elle est assez perturbée par ce qu'elle a fait.

— Je comprends ça. J'ai vu des femmes accomplir des choses vraiment effrayantes quand elles ont peur. Nous sommes tous capables de tuer quand les circonstances s'y prêtent.

Ils arrivèrent à l'hôpital en empruntant une entrée différente, et Logan descendit de la voiture avant que Harrison ne s'arrête. Le policier devant eux se dirigea vers le coin éloigné où il était en mesure de voir la Honda Civic noire garée. Deux autres voitures de patrouille surgirent derrière eux. D'autres véhicules contournaient l'auto immobilisée et se fondirent dans la circulation de la voie principale. Sans savoir ce qu'il allait trouver, Logan se précipita vers l'avant, les mains tendues vers les flics.

— Laissez-moi lui parler.

Effectivement, Alina était assise sur le siège passager, pleine de sang. Une femme était assise sur le siège du conducteur, sa tête contre la vitre, couverte de sang de haut en bas. Elle gémissait.

Il ouvrit la portière côté passager.

— Alina, calme-toi.

Elle se tourna, et il découvrit le choc sur son visage, la vacuité dans ses yeux.

Finalement, elle réalisa qui il était et leva les bras comme une enfant de deux ans. Il l'enlaça et la souleva pour la sortir du véhicule. Les agents se précipitèrent avec un médecin et plusieurs infirmiers qui poussaient un brancard depuis l'hôpital. Alina dans les bras de Logan, tous deux regardèrent avec attention Tracy être délicatement tirée de la banquette arrière, et la conductrice fut transportée sur un autre brancard qui arriva peu après.

Alina chuchota :

— J'espère qu'elle va s'en sortir.

— J'espère aussi. Ainsi, elle pourra passer de nombreuses années derrière les barreaux. Allez. Je t'emmène à l'intérieur pour faire examiner cette main.

Elle lui adressa un sourire triste et leva sa main meurtrie et ensanglantée.

— Je suppose que je ne vais pas retourner travailler pendant un moment.

— Chérie, tu ne retourneras pas travailler tant que tu n'auras pas trouvé un nouvel emploi au Texas.

Elle le considéra.

— Comment peux-tu vouloir m'aider après ça ?

Il s'abaissa et lui déposa un baiser sur la tempe.

— Non seulement je le veux, mais je n'ai aucune intention de te laisser partir. Il est rare de voir des gens avec un tel caractère prêts à aller jusqu'au bout et à faire ce qu'il faut pour sauver les autres. Tu as conquis mon cœur dès notre première rencontre. Tu étais si vaillante et forte. Rien de ce qui s'est passé depuis n'a changé mon avis.

Posant sa tête contre son épaule, elle chuchota :

— Alors, tu as envie d'être avec moi uniquement parce que je suis une sorte d'honorable amazone ?

Logan sourit.

— Parce que tu es sexy et la fille la plus douce que j'aie jamais rencontrée. Parce que je souhaite vraiment te présenter à mon père et à tous mes amis. (Son rictus s'élargit.) Et parce que tu es une sorte d'honorable amazone.

Elle le dévisagea intensément, ses yeux étaient grands.

— Vraiment ?

Il entendit l'espoir et la peur dans sa voix. Il la déplaça dans ses bras et l'embrassa passionnément sur les lèvres.

— Absolument.

Chapitre 16

L E RESTE DE la journée et de la soirée fut noyé dans le chaos. Non seulement elle devait être traitée encore une fois, mais la police était partout autour d'elle. Et tout au long du processus, elle gardait une peur profondément cachée après avoir agressé une femme innocente. Pourtant, dans son esprit, elle revoyait sans cesse Tracy allongée et inconsciente sur la banquette arrière. Si cette femme était innocente, pourquoi transportait-elle une femme inconsciente ?

Depuis qu'il l'avait trouvée dans la voiture, Logan ne l'avait pas quittée. Il la portait ou lui tenait la main en permanence. Pour s'assurer qu'il y avait un contact physique entre eux. Et elle était tout aussi dépendante. Chaque fois qu'il bougeait, elle tendait la main vers lui. Heureusement, il répondait toujours à son geste. Elle ne comprenait pas ce lien.

Ce lien né dans le danger était un sentiment chose dont elle pensait qu'il se renforcerait lorsqu'ils découvriraient qui ils étaient réellement. Elle voulait croire que ce qu'ils avaient était une chose à faire grandir, construire et entretenir. Elle savait qu'il éprouvait la même chose, mais c'était nouveau. Et à ce titre, c'était comme un jeune arbre en train de pousser. Quelque chose à protéger. À arroser et auquel donner de la lumière et des nutriments. Quelque chose qui croîtrait fort, droit et de façon réelle avec le temps.

C'était ce qu'elle souhaitait pour leur relation. Elle n'était pas sûre de savoir exactement ce dont il avait besoin. Elle n'était jamais allée aussi loin. Toutes ses liaisons précédentes avaient pris fin après quelques mois. Jamais elle n'avait ressenti pour les hommes ce qu'elle ressentait pour Logan. Il avait été son héros et avait été là pour elle à chaque étape du chemin. Elle avait conscience qu'elle déménagerait désormais au Texas, sans aucun doute. Simplement pour être près de lui. Simplement pour donner une chance à cela, quoi que cela soit.

En même temps, elle avait beaucoup de cauchemars à affronter. Notamment celui de découvrir qu'au plus profond d'elle-même se trouvait un animal sauvage déterminé à protéger quelqu'un de beaucoup moins chanceux quand cela était nécessaire.

Elle avait vu des femmes, des mères, accomplir la même chose pour protéger leurs enfants. Elle n'aurait donc pas dû être surprise. Mais elle ne l'avait jamais remarqué en elle auparavant. Tracy n'avait certainement pas été son enfant, mais elle se sentait responsable. Et la voir se faire enlever une fois de plus avait été trop dur à supporter.

La police était partout dans cet hôpital maudit. Elle était sûre que le personnel attendait qu'ils dégagent de leur existence. Elle avait déjà vécu des soirées comme ça. L'établissement était débordé de patients impliqués dans l'accident en série. Certains étaient envoyés en chirurgie, d'autres étaient transférés, enregistrés et emmenés dans différents étages et services spécialisés.

Une fois de plus, elle était là. Sa main avait été examinée, et le médecin l'envoya passer une radiographie. Jusqu'à présent, personne n'avait mentionné la femme. Et elle était terrifiée à l'idée d'avoir pu lui causer des dommages permanents. Logan tenait sa main gauche et la conduisit vers la salle de radiographie. Elle s'assit sur la chaise et patienta. Il avait les papiers dans sa main, et ils restèrent silencieux. Lorsque Alina n'arriva plus à supporter le silence, elle demanda :

— À quel point est-elle blessée ?

Il ne fit pas semblant de mal comprendre.

— Je ne sais pas. Ils s'occupent d'elle.

Elle laissa échapper lentement son souffle.

— Ça pourrait signifier n'importe quoi.

Il lui serra les doigts.

— Oui, ça pourrait.

— Est-ce que je vais être inculpée ?

Elle tourna la tête pour le considérer, et vit ses magnifiques yeux verts fixés sur elle.

— Comment est-il possible que je n'aie jamais remarqué la couleur de tes yeux avant ?

Il secoua la tête.

— Aucune raison que tu le sois. Tu te protégeais et tu sauvais Tracy d'un réseau de trafic d'êtres humains, dont tu avais déjà été victime. (Il sourit.) Et aucun juge dans ce pays ne te condamnerait pour le passage à tabac d'une kidnappeuse afin de sauver la victime.

Mais c'était sa version. Tant qu'elle ne l'entendrait pas de la bouche des policiers, elle ne se détendrait pas. Finalement, elle fut emmenée, ses doigts furent soigneusement étalés dans différentes positions pendant qu'ils prenaient de nombreuses photos, puis elle fut ramenée dans la salle d'attente. Logan était là. Elle s'assit, et sa main commença vraiment à lui faire mal. Elle avait essayé de ne pas pleurer alors qu'ils plaçaient ses doigts pour les meilleures photos, mais ça avait été douloureux. Elle regarda sa main et déclara :

— Je suis presque sûre que j'ai deux doigts cassés.

Il opina du chef.

— Si c'est le cas, c'est le cas.

Elle lui adressa un sourire.

— C'est ma main droite. Je fais tout avec.

— Surtout frapper, plaisanta-t-il. Ça signifie : plus de ça pour toi.

Elle leva les yeux au ciel.

— Si je savais comment cogner correctement, je n'aurais pas cassé mes doigts.

Il rit.

— J'allais le dire, mais j'ai pensé que je le garderais pour une autre fois.

— Ça ne me dérangerait pas d'apprendre l'autodéfense, avoua-t-elle. Quand j'étais attachée sur le lit, c'est une des choses que je regrettais de ne pas connaître.

— Nous pouvons travailler là-dessus aussi. Tout le monde dans le complexe maîtrise les arts martiaux d'une manière ou d'une autre. Nous livrons des combats à mains nues dans le cadre de notre travail. Nous sommes tous formés à l'utilisation de diverses armes.

Elle le regarda fixement.

— Complexe ?

— C'est là que moi, Harrison et les autres vivons et travaillons.

Elle acquiesça.

— Cela semble être un monde tellement différent de celui que je connais. Toi, tu tues des gens, et moi, je les soigne.

Il sourit.

— Alors, nous sommes faits l'un pour l'autre.

Elle s'affaissa contre lui en attendant les résultats des radiographies.

— J'espère que tu le penses vraiment.

Le radiologiste sortit de son bureau et déclara avec un rictus :

— Vous avez causé pas mal de dégâts à votre main et à votre poignet, ma chère. Un plâtre est absolument nécessaire. Vous avez deux doigts cassés, le poignet fracturé et quelques petits os fissurés à la base de la main.

Elle grimaça, observa sa main et répliqua :

— Je savais que ça faisait mal, mais je n'avais pas réalisé à quel point c'était grave.

— Cela prendra quelques minutes, mais on va s'en occuper. Vous ne rentrerez pas chez vous de sitôt. Donnez ça à quelqu'un au poste des infirmières.

Elle grimaça.

— Je connais la procédure. Merci beaucoup, docteur.

Il hocha la tête, puis Logan la ramena dans la salle d'accueil principale où elle remit à l'une des infirmières le compte rendu des radiographies. La femme acquiesça et dit :

— Je pensais bien que c'était cassé. D'accord, allons dans l'une des salles de traitement. J'ignore combien de temps vous devrez patienter. C'est encore vraiment chaotique.

— Merci, lança Alina en lui offrant un petit sourire.

Logan la considéra alors qu'elle s'asseyait sur le tabouret dans la salle de traitement.

— Tu veux que je t'apporte du café ou quelque chose à manger ?

Elle secoua la tête.

— Je souhaite que ça se termine. Nous parlerons de nourriture après. Maintenant, je me sens un peu nauséeuse. La douleur des radiographies… Ouah ! Je n'y avais pas vraiment songé, mais remettre en place des doigts cassés pour prendre des photos… ce n'est pas amusant.

Il s'abaissa et l'embrassa sur le sommet de la tête.

— Mais tu as été si vaillante.

Elle lui lança un regard. Mais il semblait tout à fait sérieux.

— Tu te trompes, murmura-t-elle. Si tu penses ça.

— Je le pense.

Quand son téléphone sonna, il le sortit.

— C'est Harrison. Je dois répondre.

Elle acquiesça et sentit déjà la douleur de la séparation.

— Cela signifie que tu dois sortir du bâtiment.

En s'approchant de la porte, il se retourna et la fixa.

— Ça va aller ?

— As-tu attrapé tous les méchants ? répliqua-t-elle.

Il opina du chef et déclara :

— Tu devrais être en sécurité maintenant.

— En sécurité. J'espère bien. Surtout si cela empêche quelqu'un d'autre d'être kidnappé. (Elle leva sa main cassée.) Cela va m'empêcher de faire beaucoup de choses.

Il rit.

— En réalité, non. Une fois que ça sera plâtré, ça deviendra vraiment une arme.

Elle s'illumina.

— Alors, fais venir le médecin ici pour qu'il me répare ça.

Ça avait été quelques jours éprouvants. Mais il était un putain de rayon de lumière au bout du long tunnel sombre. Elle sourit alors. Savait-il seulement ce que son prénom signifiait ? « Alina » voulait dire « lumière ». Elle l'avait demandé à sa mère longtemps auparavant, et celle-ci avait ajouté que sa naissance avait été une lumière après leur périple.

C'est ainsi qu'elle se sentait à propos de Logan. Il était sa lumière. Elle devrait le lui révéler plus tard.

Et elle n'avait aucune idée de ce que cela impliquerait ensuite. Retourneraient-ils au même hôtel ? Prendraient-ils l'avion ? Avec cette stupide main, elle aurait encore plus de mal à se déplacer. Elle ne savait même pas par où commencer.

D'abord, elle devait remettre sa démission. Et clôturer son bail. Son esprit était rempli de tous les détails logistiques du déménagement. En même temps, elle avait besoin de se détendre. C'était sa main droite. Pendant qu'elle attendait, elle essaya d'envoyer un texto à Caroline avec sa main gauche. C'était un peu confus, mais Caroline semblait comprendre. Et ses requêtes étaient claires, quelque chose comme :

Dépêche-toi de venir ici.

Alina sourit. Elle rangea son téléphone lorsque la porte s'ouvrit pour laisser entrer le même médecin qui l'avait examinée plus tôt. Elle demanda :

— Vous pouvez poser le plâtre maintenant ?

Il sourit.

— Bien sûr, si vous êtes prête. Jusqu'à présent, c'était une sacrée nuit.

Les quelques minutes suivantes furent consacrées à l'enveloppement de son bras avec du plâtre.

— Je crois savoir que vous êtes infirmière. Donc vous savez comment prendre soin de ça, quoi surveiller en cas de problème.

Elle acquiesça.

— Et j'espère ne pas être seule pendant la nuit, donc j'aurai quelqu'un pour veiller sur moi, pour s'assurer que tout va bien.

— Si l'homme qui marche devant la porte en ce moment est le vôtre, il ne vous laissera pas dormir seule. C'est sûr.

Elle sentit un rictus s'étirer sur son visage. Elle ne pouvait penser à rien de mieux que de dormir avec Logan cette nuit. Même si cela signifiait que Harrison était dans le lit d'à côté à l'hôtel. Elle voulait seulement être serrée dans ses bras. Se réveiller, savoir qu'elle était en sécurité, et, encore plus important, qu'il la tenait près de lui parce qu'il le désirait.

LOGAN ATTENDIT QUE le médecin rouvre la porte et annonce :

— Elle peut rentrer chez elle maintenant. Elle doit surveiller ses doigts pour voir s'ils enflent. Les prochaines quarante-huit heures sont importantes.

Puis il se retourna et s'éloigna.

Logan eut un premier regard sur elle debout. Elle arborait un plâtre violet vif sur son bras droit et sur la majeure partie de ses doigts, dont seules les extrémités étaient visibles.

Elle se redressa et lui sourit.

— J'ignore où nous allons à partir d'ici, mais de la nourriture et un endroit où dormir seraient géniaux.

Il acquiesça.

— Tout de suite.

— Le médecin avait d'autres bonnes nouvelles, ajouta-t-elle alors qu'il tenait sa main gauche et la conduisait dehors. Ils ont accéléré l'analyse médicale, et apparemment, les résultats sont négatifs. De plus, la drogue que Colin m'a administrée était de celles couramment utilisées pour les viols. Aucun effet secondaire à long terme, Dieu merci.

Logan passa un bras autour d'elle et la serra longuement.

— C'est effectivement une bonne nouvelle.

En reculant, elle regarda autour d'elle.

— Quel véhicule conduisons-nous ?

Il pointa du doigt.

— J'ai la voiture de location. Harrison est venu avec moi, puis a pris un taxi pour l'aéroport. Il part pour une autre mission. Maintenant que tout est terminé, Levi nous a ordonné de rentrer tous les deux.

Il vit son visage s'assombrir. Après l'avoir aidée à monter dans l'habitacle, il l'attacha. Il avait conscience que, pendant un certain temps, elle aurait besoin d'assistance. Elle était également irritable et têtue, et n'apprécierait pas qu'on prenne soin d'elle.

— Je suppose que nous savions que ce moment arriverait, dit-elle tristement.

Elle s'affaissa contre le siège et ferma les yeux.

Il conduisit jusqu'à l'hôtel et l'aida à entrer dans la même chambre où ils avaient séjourné auparavant. Sauf que cette fois-ci, ils n'étaient que tous les deux.

— Et toi ? Tu rentres aussi ce soir ?

Il rit.

— Non. Je reste ici pendant trois jours. C'est le temps dont je dispose.

— Pourquoi ? demanda-t-elle prudemment.

Il lui adressa un sourire.

— Parce que je l'ai demandé. Je pense que c'est le temps qu'il faudra pour s'occuper du contenu de ton appartement, te préparer pour le déménagement, acheter ton billet d'avion et, si tu as des choses à expédier, s'en occuper également. Nous devrons travailler comme des fous, cependant, si tu comptes partir avec moi en avion. Sinon, nous pouvons utiliser ta voiture. Ça nous prendra du temps, mais nous arriverons aussi.

Elle sourit.

— J'aurai vraiment besoin de ma voiture au Texas, répliqua-t-elle. Et je ne sais pas si nous parviendrons à tout faire en trois jours, mais j'aimerais bien essayer.

— Très bien. En priorité : la nourriture. J'ai passé commande au service d'étage, ensuite, il sera temps de se reposer. Il faut que tu dormes.

Elle opina du chef. Un coup frappa à la porte.

— C'est rapide.

Il s'esclaffa.

— J'ai appelé depuis l'hôpital. Une fois que j'ai réalisé que tu allais avoir un plâtre, j'ai été en mesure de leur donner une estimation du temps.

Il ouvrit la porte, prit les plateaux sur le chariot, donna à l'homme un pourboire, referma la porte et se tourna en disant :

— Je voulais que ce soit rapide. Ensuite, tu pourras dormir. Parce que demain sera une longue journée.

Pendant que Logan apportait le plateau, elle s'assit sur le lit et réfléchit à tout ce qu'elle devait faire.

— Ça ne doit pas forcément être compliqué. Je ne suis pas encombrée par des tonnes de biens que je dois garder. En plus, ça se limite à ce que la voiture peut contenir. Quant à mes meubles, ils sont susceptibles de convenir à quelqu'un d'autre.

En inhalant l'arôme de leur repas, elle sentit son estomac protester contre son vide.

— La nourriture sent merveilleusement bon.

Elle ajusta sa position et s'appuya contre la tête de lit. Il lui apporta une assiette pleine de nourriture. Au fur et à mesure qu'elle mangeait, les effets du choc s'estompaient. Elle s'excusa et se rendit à la salle de bain.

Elle poussa un petit cri en regardant son visage dans le miroir. Elle ouvrit la porte.

— Tu me laisses sortir en public comme ça ?

Il la dévisagea et afficha un rictus.

— Tu es belle tout le temps.

Il entra dans la petite pièce, attrapa un gant de toilette, le fit mousser avec du savon et de l'eau chaude et lava délicatement son visage. Il prit une minute pour nettoyer les mèches de cheveux le long de son visage, encore couvertes de sang séché. Puis il la pivota pour qu'elle s'observe dans le miroir.

— C'est mieux ?

Elle sourit et dit :

— Oui. J'aimerais m'occuper de ces doigts maintenant.

Il ouvrit l'eau chaude pour qu'elle coule sur les bouts de ses doigts, puis elle les laissa tremper quelques minutes sous le robinet. Ils étaient toujours si douloureux qu'elle ne voulait pas qu'il les sèche. Elle les laissa pendre pour qu'ils s'égouttent et déclara :

— C'est suffisant.

Lorsqu'ils retournèrent dans la pièce principale, il déposa leurs assiettes sur le plateau, emmena ce dernier à l'extérieur de la chambre et le posa par terre dans le couloir. Puis il revint et dit :

— Il est l'heure d'aller au lit pour toi. (Il écarta les draps et la regarda.) Que veux-tu mettre pour dormir ?

Elle grimaça et fixa ses vêtements.

— C'est plus simple comme ça.

— Tu ne peux pas dormir avec ça.

Il prit son sac, le posa sur le lit d'appoint, l'ouvrit rapidement et en sortit la chemise de nuit qu'elle avait portée la veille.

— Tu te sens prête à enfiler ça ?

Elle opina du chef.

Avec douceur, la traitant comme une petite enfant, il la déshabilla avec une tendresse absolue.

Lorsque la chemise de nuit tomba sur sa tête, elle lui sourit.

— Tu ferais un excellent père.

Il secoua la tête.

— C'est encore loin dans le futur.

Elle se glissa sous les couvertures. Il rassembla tous ses vêtements sales, les glissa dans la poche latérale de son sac et attrapa son ordinateur portable, qu'il posa sur le lit d'appoint.

Elle le considéra et demanda :

— Peux-tu éteindre les lumières ? (Elle se blottit davantage sous les couvertures.) S'il te plaît.

IL LA REGARDA s'endormir doucement. Cela ne lui prit que quelques secondes. Il observa ses yeux qui se fermaient lentement. Elle était épuisée. Le choc était ainsi, tout comme la blessure et la douleur. Il utilisa son ordinateur portable et son téléphone pour vérifier les nouvelles, voir s'il avait des messages. Il trouva un courriel du détective Easterly.

Au lieu de répondre de la même manière, Logan composa le numéro du détective et attendit qu'il décroche.

— Logan, je suis content que vous appeliez. J'ai entendu parler d'Alina. Comment va-t-elle ?

Logan lui donna une mise à jour sur son état, relatant qu'elle était profondément endormie à cet instant, avec son plâtre surélevé. Il se leva, s'approcha d'elle.

— Elle s'est vraiment lâchée sur la femme.

— Oui. Les dégâts sont importants ?

— Nez cassé et pommette fracturée, plus une commotion. Mais elle survivra.

— Je dois poser cette prochaine question pour le bien d'Alina. Êtes-vous en mesure de confirmer que cette femme était impliquée dans le trafic ?

Logan s'approcha et caressa doucement l'épaule d'Alina pendant qu'elle dormait.

— Elle était vraiment inquiète à l'idée d'avoir attaqué la mauvaise personne, expliqua-t-il.

— Vous pouvez certainement la rassurer sur ce point. Il semble qu'elle était l'une des coordinatrices du groupe. Nous avons également arrêté le dernier homme, Bill Morgan. La femme parle, donc avec un peu de chance, nous démantèlerons tout le réseau lors de notre opération de grande envergure.

Logan se frotta le nez entre les yeux.

— J'espère vraiment que vous pourrez retrouver ce système et aider à retrouver les femmes disparues.

— Le chef est en train de s'en occuper. Le nom de la coordinatrice féminine tel qu'il était inscrit sur le téléphone de Colin est Roma Chandler. Elle fournit des noms, des dates, des lieux et toute la liste. Elle a été victime du trafic elle-même. Donc d'un côté, nous sommes capables de comprendre un peu, mais d'un autre côté, eh bien, c'est comme le pire des scénarios. Avec un peu de chance, nous mettrons la main sur ces filles. Mais vous savez que ce ne sera pas une solution rapide. Un mandat a été délivré pour la maison que vous m'avez demandé de vérifier. Nous espérons que ses occupants sont impliqués dans ce chaos, mais il est encore trop tôt pour l'affirmer. De plus… (Il baissa la voix.) Quelques noms mentionnés par Roma indiquent une connexion avec les forces de l'ordre, ce qui confirme ce que

Colin a dit à propos de deux mauvais flics. Cela prendra encore plus de temps à démêler.

— Il faut admettre que nous nous posions des questions à ce sujet, reconnut Logan. Non, ce n'est jamais rapide de régler quelque chose comme ça. J'ai conscience que mon patron voudrait que nous apportions toute l'aide possible. Nous avons des relations dans le monde entier.

La voix du détective Easterly était légère :

— C'est vraiment bon à savoir, car cela semble être d'ampleur internationale. J'ai demandé à être affecté à l'équipe d'intervention. Voir comment ils déplacent ces femmes, c'était effrayant. Ma sœur fait à peu près la même taille. Et penser à Tracy Evans recroquevillée à l'intérieur de cette valise est terrifiant.

Logan acquiesça.

— Au moins, nous avons sauvé celles que nous avons pu.

— C'est vrai. John a également avoué avoir tué son frère. Il était furieux que Joe ne paie pas le loyer, relata Easterly. Ça montre bien qu'il ne faut jamais contrarier la famille. En parlant de ça, vous partez ce soir ?

— Je vais aider Alina à déménager au Texas. Elle a une amie là-bas chez qui elle va rester. Elle ne pense pas être capable de rester ici plus longtemps. Elle ne vous fuit pas, donc si vous avez besoin d'elle pour témoigner devant un tribunal ou pour une déposition, nous vous enverrons l'adresse dès que nous l'aurons installée.

— Je suis content d'entendre ça. Cette femme a beaucoup de cran. Et ce n'est jamais une mauvaise chose.

Le détective mit fin à l'appel.

Logan y réfléchit et murmura tranquillement pour lui-même :

— Du cran, c'est exactement ce qu'elle a.

À côté de lui, Alina susurra :

— C'est ce que disait ma grand-mère.

Il posa son téléphone sur la table de chevet, s'assit doucement sur le lit, plaça son bras autour d'elle et la blottit contre lui.

— Tu es censée dormir.

— J'ai fait une petite sieste, rétorqua-t-elle avec un demi-sourire.

Mais sa voix était ensommeillée, comme si elle envisageait de se rendormir. Il la serra doucement dans ses bras.

— Rendors-toi.

— Je ne suis pas sûre d'en avoir envie, chuchota-t-elle. C'était vraiment bien d'entendre que tu m'aideras à déménager chez mon amie au Texas. Tu dégages le chemin pour que je puisse recommencer à zéro.

— Je suis un mec bien.

Elle se retourna sous les couvertures et l'entoura de son bras valide. En levant son bras blessé, elle dit :

— Je l'ai su dès que je t'ai vu. (Elle lui tira la tête vers le bas et l'embrassa.) Merci pour le reste de ma vie.

Il posa ses doigts sur ses lèvres et la taquina doucement.

— J'espérais que tu serais prête à passer le reste de ta vie avec moi.

Elle sourit, elle avait des larmes aux coins des yeux.

— Tu en es sûr ? On ne se connaît presque pas.

Il glissa sa main le long de son corps, caressa doucement ses seins, toujours au-dessus de la couverture.

— C'est vrai, mais je sais ce qui compte. Je sais que tu as du cœur. Je sais que tu défendras les plus faibles et que tu défendras nos enfants jusqu'à la mort. Tu es adorable quand tu t'énerves. Et j'admire l'honnêteté que je vois en toi. Qu'est-ce qu'il y a que je ne peux pas aimer ?

Une larme scintilla sur ses cils. Elle déplaça son doigt sur ses lèvres, puis l'attira plus près d'elle, l'embrassa doucement, déposa de petits baisers sur sa lèvre supérieure, puis sur sa lèvre inférieure et sa mâchoire carrée. Comme si elle ne savait pas quoi dire, mais voulait le lui montrer à la place.

Et il était prêt à accepter une démonstration. Avec un rictus, il la laissa doucement explorer son visage en passant ses doigts dans ses cheveux et en caressant la peau de sa joue du bout des doigts.

Elle chuchota quelque chose à son oreille, et il rit.

— Ça chatouille.

Elle ouvrit les yeux, leva un sourcil et sourit.

— Tu trouves ça chatouilleux ? Je suis peut-être handicapée à cause de mon bras abîmé, mais ça ne signifie pas que, plus tard, je ne profiterai pas de toi quand tu seras impuissant et que je constaterai à quel point tu es chatouilleux partout.

Il lui adressa un sourire malicieux.

— Un jour, promit-il. Tu pourras faire ce que tu veux. Mais pour l'instant, prends soin de ton bras.

Ce fut à son tour d'afficher un sourire malicieux.

— Alors, on va rester couchés là, à me regarder me morfondre ? taquina-t-elle.

Il s'esclaffa.

— Eh bien, j'ignore si rester simplement couchés ici est une option.

Avec son bras valide, elle l'attira vers elle.

— Je ne pense pas que ce soit possible. Quelque chose en toi me pousse à désirer te sentir profondément en moi.

À ces mots, il abaissa la tête et écrasa ses lèvres contre les siennes. Il ne pouvait pas imaginer ne pas vouloir cette femme dans le futur. Tellement de choses en elle étaient parfaites. Mais même si ce n'était pas le cas, c'était comme si son corps la connaissait, et son cœur la reconnaissait déjà. Son âme s'ouvrit, l'appréciant, comme s'il revoyait quelqu'un de son entourage. Il ne savait même pas comment l'expliquer.

Mais heureusement, aucun mot n'était nécessaire. Quand il arracha les couvertures du lit et se tourna vers elle, elle secoua la tête et leva la main.

— Oh non, tu ne viens pas au lit à moins de te déshabiller !

Il lui adressa un sourire.

— Et toi ? Tu portes toujours une chemise de nuit.

Elle lui rendit son sourire.

— Et c'est toi qui vas me l'enlever.

À cela, il éclata de rire et se débarrassa rapidement de son t-shirt et de son pantalon. Au moment où il enleva ses chaussures et ses chaussettes pour se retrouver devant elle complètement nu, elle était à genoux et essayait de relever sa chemise de nuit jusqu'à sa taille.

Il s'esclaffa.

— Laisse-moi faire.

Obéissante, elle leva les bras, et il œuvra doucement pour retirer sa mauvaise main et son bras de la nuisette, qu'il jeta sur le côté du lit.

Quand elle fut de nouveau agenouillée devant lui, il dit :

— Si j'avais su que c'était ce que tu voulais, je ne t'aurais pas mise dans cette chemise de nuit en premier lieu.

— J'y ai songé, admit-elle. Mais j'étais un peu trop fatiguée.

Et sachant qu'elle était encore endolorie et meurtrie par sa propre captivité, sans parler de la raclée qu'elle avait infligée à la pauvre femme ce jour, Logan s'allongea à ses côtés et la caressa doucement jusqu'à ce qu'elle se tortille de passion. Honnête dans sa réponse. Ouverte dans sa joie. Et il en aimait chaque seconde.

Ses doigts caressaient et effleuraient, taquinaient et pénétraient, et il découvrit qu'il ne pouvait pas en avoir assez. Il se pencha, ses lèvres et sa langue laissèrent des traînées humides sur ses côtes en remontant jusqu'à ses seins magnifiquement pleins. Lorsqu'il prit un téton dans sa bouche et le suça fort, elle poussa un cri, et son corps s'arc-bouta sous lui.

— Mon Dieu, tu es si belle.

Il porta son attention sur l'autre, refusant qu'il se sente exclu. En même temps, il glissa une main jusqu'aux boucles au niveau de la jonction de ses cuisses et découvrit l'humidité de l'intérieur. Il gémit et remonta plus haut sur son corps pour attraper ses lèvres avec les siennes.

— Si réceptive, murmura-t-il de nouveau.

Elle enroula son bras valide autour de lui. Le plâtre était froid sur son dos, mais il ne s'en rendit pas compte à cause de la fièvre qui le consumait. Il glissa une main dans son dos jusqu'à une de ses fesses, écarta largement ses cuisses et accrocha ses jambes à ses hanches dans la position adéquate. Il la regarda et chuchota :

— Prête ?

Alina sourit et le tira plus près d'elle.

— Je le suis, chuchota-t-elle. Je suis prête pour toi.

Il s'enfonça en fermant les yeux alors qu'elle le serrait fort en elle. Elle poussa un cri lorsqu'il s'installa au plus profond de son être. Et il resta immobile, figé, savourant l'instant. Ses muscles se détendirent puis se contractèrent autour de lui. Il geignit fort. Et elle recommença.

— Tu vas me tuer.

Elle rit.

—Et si nous nous tuions l'un l'autre… à coups

d'amour.

Il baissa la tête et chuchota :

— Absolument.

Il la prit. Ses mains glissèrent jusqu'à ses hanches pour les maintenir fermement en place pendant qu'il montait et descendait lentement, les conduisant tous deux vers le précipice qu'ils désiraient chacun. De plus en plus haut alors que les ressorts se tordaient en eux.

Sentant enfin son propre manque de contrôle se fissurer autour de lui, il glissa un doigt entre ses fesses et serra tout en caressant doucement le tissu doux en dessous. Elle se cambra haut et poussa un cri lorsque son corps se contracta autour de lui pour le vider de tout ce qu'il avait à lui donner. Son grognement explosa du plus profond de lui alors qu'il tremblait et frissonnait sous l'effet de son propre orgasme.

Ensuite, il s'effondra à côté d'elle en faisant attention à son bras, et la tira doucement contre lui.

Elle leva les doigts pour caresser sa joue.

— Maintenant, je suis fatiguée.

Elle ferma les yeux.

Il se pencha et embrassa ses paupières, en chuchotant :

— Dors. Je veillerai sur toi.

Et elle le crut. Si quelque chose devait arriver, Logan serait là pour elle. Elle enroula son bras autour de lui et susurra :

— Tu as été la lumière qui m'a permis de tenir pendant tout ça. Mais je voulais te dire que « Alina » signifie « lumière ».

— Et c'est parfait, murmura-t-il. Parce que tu es mon Alina. Tu es ma lumière.

Enlacés, ils s'endormirent tous les deux.

Prêts à franchir la prochaine étape de leur vie ensemble pour toujours.

Épilogue

HARRISON ATTENDAIT LA venue de Logan. Il devait être là pour une mission. Harrison avait passé les deux derniers jours au Mexique, mais il était arrivé à Houston ce matin-là. Laisser Alina et Logan à Boston avait bien fonctionné. Harrison espérait qu'ils avaient consolidé leur relation. Cela donnait également à Alina un peu plus de temps pour guérir après tout ce qu'elle avait vécu. Il était sûr qu'elle s'intégrerait parfaitement au complexe. Mais avoir l'appartement de Caroline comme point de rencontre était encore mieux. Du moins jusqu'à ce qu'Alina ait l'occasion de rencontrer tout le monde, de faire connaissance avec eux et de voir si elle aimait l'idée.

Sauf que Logan n'attendrait probablement pas.

Il y avait des choses avec lesquelles Logan était possessif. Et cette femme était l'une d'elles. Harrison était étonné de voir à quelle vitesse la liaison s'était solidifiée entre ces deux-là. Logan avait toujours eu un don avec les femmes. Quelque chose que Harrison n'avait pas. Mais les relations de Logan avaient toujours été légères. Celle-ci était différente.

C'était bien. Il était heureux pour son ami.

LOGAN AVAIT PROMIS d'expliquer tout sur le complexe à Alina pour qu'elle ne soit pas complètement dépassée à son arrivée. Ils avaient rejoint Caroline chez elle tôt ce matin-là, il avait aidé Alina à déballer ses affaires, et il la conduisait maintenant jusqu'au complexe pour qu'elle puisse rencontrer tout le monde. Il admirait son courage. Ce ne serait pas facile d'entrer dans un endroit comme celui-ci et d'être présentée au groupe. Ils étaient tous des gens bien, mais cela resterait intimidant. Elle avait hésité à accepter le changement, et cela en serait un énorme.

Harrison était dehors dans le garage lorsqu'il entendit appeler son nom.

— Harrison, ils arrivent.

Il sourit. Tout le monde regardait. Impossible de ne pas les remarquer. Il croisa les bras et s'appuya contre les portes de garage ouvertes pendant que Logan arrivait, dans la voiture qu'Alina avait récupérée dans le parking de l'hôpital quelques jours auparavant. Il pouvait les voir parler. Stone et Levi sortirent et se tinrent à côté de lui. Bien sûr, ce serait d'abord les hommes.

Logan sourit timidement en se garant. Un regard possessif dans ses yeux. Et la fierté brillait sur son visage. Il descendit du véhicule, et la portière du passager s'ouvrit également.

Harrison lança un coup d'œil à Alina, vit le plâtre violet et ne put s'empêcher de la taquiner.

— Fallait-il vraiment que tu tabasses la pauvre femme ?

Elle plaqua sa main valide sur sa bouche pour retenir un cri. Puis elle se précipita vers lui en l'appelant :

— Harrison !

Elle se jeta dans ses bras.

Il dut se préparer à la rattraper. La petite tornade ne pesait pas plus de cinquante kilos. Il l'attrapa en plein vol et l'enveloppa de ses bras avant de la faire tournoyer dans une grande étreinte.

Elle rit lorsqu'il la reposa enfin, et elle s'approcha pour lui embrasser la joue.

— Tu as réussi à te libérer du travail, évidemment, le taquina-t-elle en retour.

Il gémit.

— Je ne suis pas apprivoisé. Logan, si.

Elle lui tapota la joue.

— Tu l'es plus que tu ne veux l'admettre.

Au lieu d'être timide ou d'attendre Logan, elle se tourna vers les deux hommes à côté de lui.

— Tu es Stone, et tu dois être Levi.

Elle leur tendit la main gauche.

— J'aimerais vous faire un câlin pour vous remercier, mais je ne vous connais pas vraiment, donc peut-être qu'une poignée de main gauche est mieux.

Levi ricana.

— Oh non !

Il ouvrit les bras.

Elle sourit et marcha droit vers lui. Logan se tenait à côté d'eux.

— Merci beaucoup d'avoir envoyé ces deux gars pour me sauver la vie.

Levi dit :

— Si nous avions su, nous serions arrivés deux jours plus tôt.

Son rictus s'effaça, et des ombres obscurcirent ses yeux.

— Et ça aurait été bien plus facile pour moi. Mais vous m'avez envoyé mon héros, et je serai toujours reconnaissante de cela.

Levi grimaça à l'utilisation du terme « héros ».

Harrison ricana.

— Oui, c'est ce que tout le monde ici est, renchérit-il

sans grande aide. Des héros à louer. C'est le surnom de l'entreprise.

Levi le regarda durement.

— Legendary Security est le nom de notre entreprise.

Elle pivota vers Stone.

— Logan m'a tellement parlé de toi.

Elle lui offrit un doux sourire.

— Et je comprends que Lissa a trouvé son propre héros en toi aussi.

Et Stone rougit, bon sang.

Elle leva les bras, et, d'un geste si précautionneux, Stone passa les siens autour de sa taille, la souleva et lui fit un câlin.

Harrison jeta un coup d'œil à Logan et vit la surprise sur son visage aussi.

— Elle est non seulement une briseuse de glace, mais elle est aussi une briseuse de cœurs, dit-il sans réaliser qu'il l'avait prononcé à voix haute avant qu'elle ne se tourne vers lui.

— Briseuse de cœurs ? Moi ? Non.

Elle secoua la tête et tendit la main vers Logan.

— C'est lui, mon briseur de cœur. Mon héros briseur de cœur.

Elle s'orienta vers Logan et l'embrassa sur la joue.

— Et si c'est ça, le Texas, j'adore absolument.

Elle se figea en apercevant quelqu'un derrière Harrison.

Il pivota et sourit. Alina avança en tendant de nouveau la main gauche. D'une voix plus formelle, elle déclara :

— Je suis Alina. Tu dois être Ice.

La voix calme de Ice se réchauffa.

— Bienvenue, Alina. D'après ce que j'ai entendu, tu as déjà traversé beaucoup d'épreuves.

Des larmes scintillaient sur ses cils. Alina les chassa impatiemment.

— Je me répète sans cesse de ne plus pleurer. Et puis ça

me frappe aux moments les plus étranges.

Elle se tourna vers les autres femmes qui les rejoignaient. Lissa enlaça Stone et dit :

— Tu n'es pas seule. Stone m'a aussi sauvée d'un enlèvement.

Ice s'approcha pour se tenir à côté de Levi. Ensuite, le reste de la bande arriva. Merk avec Katina, même Rhodes était là avec Sienna. Les seuls absents étaient Flynn et Anna.

Logan demanda :

— Où est Flynn ? Tout le monde est là, sauf lui.

— Pas loin d'ici. Lui et Anna sont allés en ville pour signer les documents d'achat aujourd'hui, relata Ice. Vous les verrez ce soir.

Alina pivota vers tous les couples.

— Harrison, où est ta petite amie ?

On entendit des rires étouffés. Il plissa les yeux pour les faire tous taire et déclara :

— Je suis le seul homme sain d'esprit ici. Je suis célibataire et compte le rester.

Elle lui offrit le rictus le plus doux et le plus tendre qui soit et rétorqua :

— Tu ne le resteras pas. Tu es un héros, toi aussi.

Il secoua la tête et partit.

— Au diable, les héros.

— D'accord, cours-y alors, l'interpella-t-elle de dos. Mais souviens-toi, tu es un héros et tu trouveras une partenaire un jour.

Il se retourna pour lui faire face et la regarda durement. Mais son sourire s'illumina, et elle rit, le son musical s'envolant facilement dans le garage. Comment pouvait-on être contrarié avec tant de soleil ? Néanmoins, il ne subirait pas sans combattre.

— Tu vas te mettre dans de sacrés ennuis si tu prononces ce fichu mot une fois de plus.

Elle franchit le seuil et renchérit :

— Héros.

Il serra les poings sur ses hanches et lâcha :

— Je t'avais prévenue.

Elle colla son visage au sien et dit :

— Héros, héros, héros, héros.

Il leva les bras en l'air.

— Logan, calme ta femme.

Logan répondit par un grand éclat de rire qui résonna à travers les collines environnantes.

— Oh non, je n'ai pas encore trouvé comment faire ça !

Elle pivota vers lui et répliqua :

— Et tu ne le feras pas non plus.

Les autres femmes applaudirent. Elles s'accrochèrent toutes ensemble et emmenèrent Alina à l'intérieur.

Alors que Ice s'éloignait, elle dit :

— Logan, on la garde, celle-là.

Quand Katina passa près de Harrison, elle chuchota :

— C'est ton tour.

Il frappa du pied et gronda :

— Oublie ça. Ça n'arrivera pas.

Mais personne n'écoutait, peut-être même pas Harrison lui-même.

Il renifla bruyamment et ajouta pour insister :

— Jamais.

Voilà qui conclut le tome 6 de *Héros à louer* :
La Lumière de Logan.
Découvrez la suite avec *Le Cœur d'Harrisson* :
Héros à louer, tome 7

Héros à louer,
Le Cœur d'Harrisson,
tome 7

Lorsqu'un appel à l'aide est lancé par le père de Ice, la partenaire de son patron Levi, Harrison y répond. Un sénateur a été abattu, sa femme frappée, et les enfants de l'homme ont disparu. Avec une conférence de presse où il faut répondre à de nombreuses questions, Harrison a du pain sur la planche. Malheureusement, ce n'est pas tout ce qu'on attend de lui. La fille adulte du sénateur s'est également volatilisée. Ancienne militaire, elle a apparemment une dent contre le monde. Elle ne veut pas être retrouvée et, même après que Harrison l'a localisée, elle refuse d'avoir la moindre relation avec lui. Si seulement il ressentait la même chose…

Zoe a une mission qui ne laisse pas de place aux héros dans sa vision du monde, en particulier à un magnifique guerrier badass comme Harrison, qu'elle ne considère guère plus que comme un mercenaire à louer. Heureusement que Harrison n'a jamais été du genre à accepter un « non » comme réponse, car la situation – et leur relation – a tous les ingrédients d'un baril de poudre qui n'a besoin que d'une petite étincelle pour s'enflammer. Zoe a irrité exactement les mauvaises personnes… et celles-ci complotent pour mettre fin à son ingérence… et à elle… de façon permanente.

Le tome 7 est disponible dès aujourd'hui !
Pour en savoir plus, visitez le site web de Dale Mayer.
https://geni.us/FRDMSHarris

Note de l'auteure

Merci d'avoir lu *La Lumière de Logan, Héros à louer, tome 6* ! Si vous avez apprécié le livre, merci de prendre un moment pour laisser votre avis.

Chers lecteurs,

J'aime avoir de vos nouvelles, alors n'hésitez pas à me contacter sur mon site web : www.dalemayer.com ou sur ma page d'auteure Facebook. Pour être informés des nouvelles parutions et des offres spéciales, inscrivez-vous à ma newsletter ou suivez-moi sur BookBub. Si vous souhaitez rejoindre mon groupe de lecteurs, voici la page d'inscription sur Facebook.
http://geni.us/DaleMayerFBGroup

À bientôt,
Dale Mayer

À propos de l'auteure

Dale Mayer est une auteure de best-sellers au classement de *USA Today*, connue pour ses romances militaires sur les forces spéciales, sa série *Psychic Visions* et sa série *Jolis Jardins Maudits*, dans le genre cozy mystery. Ses romances contemporaines sont vibrantes d'émotion et de passion (série *Broken But... Mending, Hathaway House*). Ses thrillers vous laisseront à bout de souffle (séries *By Death* et *Kate Morgan*) et ses comédies romantiques vous feront rire aux éclats (*It's a Dog's Life*, une novella hors-série, et la série *Broken Protocols* avec Charming Marvin, le chat).

Elle laisse libre cours aux séries qui lui viennent... dont certaines sont carrément folles, enfreignant toutes les règles et croisant différents genres !

En plus de ses romans de fiction, elle écrit également des textes documentaires dans de nombreux domaines, dont la rédaction de CV, le jardinage de loisir et le système de crédit immobilier américain. Elle a récemment publié la série professionnelle *Career Essentials*. Tous ses livres sont disponibles aux formats papier et ebook.

Contactez Dale Mayer en ligne

Site web de Dale – www.dalemayer.com
Twitter – @DaleMayer
Facebook Page – geni.us/DaleMayerFBFanPage
Facebook Group – geni.us/DaleMayerFBGroup
BookBub – geni.us/DaleMayerBookbub
Instagram – geni.us/DaleMayerInstagram
Goodreads – geni.us/DaleMayerGoodreads
Newsletter – geni.us/DaleNews

www.ingramcontent.com/pod-product-compliance
Lightning Source LLC
Chambersburg PA
CBHW070337200726
48294CB00003B/689